이번 생은 망한 줄 알았지?

이번 생은

망한 줄 알았지?

글·그림 안가연

늘픔

부캐로 인생 리셋

"이번 생은 망했어."

풀리지 않는 인생을 한탄하는 말로 참 많이 듣는 대사다. 나도 일이 잘 풀리지 않을 때 항상 입버릇처럼 썼다. 언제부터인가 나이가 들수록 한탄만 늘었다. 커리어가 없었을 땐 "이룬 게 하나도 없네. 이번 생은 망했어!" 커리어가 어느 정도 생겼을 땐 "다음엔 더 잘해야 하는데 나라는 사람은 그렇게 잘할 수 없는 사람이야. 아, 이번 생은 망했어!" '이번 생은 망했어'는 내 비공식 유행어였다.

매일 허무맹랑한 생각을 머릿속에 나열하기도 했다. 내게 타임머신이 있어서 과거로 돌아갈 수만 있다면 얼마나 좋을까? 컴퓨터 포맷하듯 뇌를 싹 다 비우고 인생을 다시 시작할 수 있으면 얼마나 좋을까? 일과 인간관계의 굴레인 이 조잡한 인생을 눈치 보지 않고 단순하게 살 수 있다면 얼마나 좋을까? 이 터무니없는 생각들의 궁극적인 원인을 돌이켜 보면 모두 일이었다. 이러나저러나 일에 관해서는 항상 부담이었고 나라는 사람은 항상 고민을 달고 사는 사람이었다. 일이 잘 풀리면 주위 기대감에 다음 스텝을 망설이고, 일이 잘 풀리지 않으면 실패에 대한 죄책감에 다음 스텝을 망설였다.

모든 고민의 공통적인 문제는 바로 '잘'하고 싶어서였다. 실패를 '잘' 모면하기 위해, 현재보다 더 나은 성과를 '잘' 이루어내기 위해 쉽게 생각해도 되는 것들에 대해서도 너무 신중해져 눈앞의 괜찮은 기회를 놓쳤다. 그렇게 놓친 기회는 후회라는 쓸쓸한 끝맛만 남겼다. 후회가 남지 않는 방법은 없을까. 컴퓨터처럼 머릿속을 리셋할 수도, 만화나 영화에서처럼 다시 태어날 수도 없는데.

고민의 끝에 나는 새로운 나, 그러니까 '부캐'를 만들었다.

　부담감과 책임감을 잠시 벗어던지고 '실패해도 망쳐도 상관없어!'라는 마인드의 '부캐'를 만든다면? 오로지 재미와 행복, 내가 좋아하는 조미료만 첨가한 또 다른 나를 만든다면? '이렇게 재미만 따라가도 되는 건가…. 새로 도전하는 인생은 망해도 된다는 건가?'라고 걱정이 앞섰지만 부캐를 만들고 나니 의외로 '망해도 된다!'는 여유가 생겼다. 어차피 부캐에서의 실패는 본캐에 타격이 없으니까.

　부캐를 만드니 완전히 새로운 내가 만들어졌다. 가장 좋았던 점은 상상에만 머물러 있던 일들을 과감하게 표현할 수도 있다는 데 있었다. 실제 행동에 옮김으로써 내 아이디어가 정말 세상에 '잘 먹히는지 아닌지' 생생한 피드백을 마주할 수 있었다.

　성공하든 실패하든 타격은 전혀 제로인 셈으로 다양한 경험을 할 수 있다는 점에서도 부캐의 매력은 상당했다.

　부캐가 성장할수록 낮아졌던 자존감도 다시 복구할 수 있었다. 부캐의 활동 덕분에 멈춰졌던 본캐의 생활에도 활기가 돋는다니 참 고마운 또 다른 내가 아닐 수 없다.

부캐 덕을 보는 사람들은 쉽게 찾아볼 수 있다. 해리포터를 쓴 J.K 롤링도 '로버트 갤브레이스'라는 이름으로 신작을 발표했다고 한다. 자신의 이름에 가려 소설이 그 자체로 평가되지 못할 것을 우려해 새로운 부캐를 만들었다고. 국민 MC 유재석 선배님도 국민 MC라는 타이틀에서 벗어나 새로운 캐릭터를 시도했다. 부담감을 내려놓고 또 다른 나로 활동하는 사람들이다. 한 명의 내가 아닌 여러 명의 나라니 얼마나 든든하단 말인가!

나는 종교가 없지만 얼마 전 우연한 기회로 템플스테이에 참가했다. 그곳에서 들은 불교의 무아(無我)의 개념이 있는데 이 이야기가 참 좋아 소개하려 한다.

> **"** 나라는 고정된 실체는 없다. 만나는 사람에 따라 그리고 지금 겪는 상황에 따라 나라는 존재는 바뀐다. 그러므로 나는 누구든 무엇이든 될 수 있다. 나라는 고정된 실체는 없으니 집착도 없으며 고통도 없다. **"**

나라는 사람은 누구든 될 수 있고 무엇이든 될 수 있다니. 사람의 가능성은 무한하며 실패를 해도 새로운 나를 통해 위로받을 수 있다는 말이 얼마나 위로가 되는지 모른다.

'실패해도 괜찮아. 경험이야'라는 말은 수십 수백 번 들어왔고 작은 실패든 큰 실패든 머리로는 '괜찮다'는 것을 알지만 가슴으로는 그렇지 못할 때가 많다. 실패도 경험이고 피와 살이 된다는 것은 알고 있지만 실패에 아무 타격 없는 사람은 존재하지 않을 것이다. 역시 어느 정도의 멘탈 스크래치는 존재할 수밖에 없다.

어떻게 하면 실패에 의연해질 수 있을까? 이럴 때 새로운 내가, 그러니까 나의 부캐들이 존재한다면 괜찮지 않을까. 무언가에 실패해도 '나는 역시 부족한 사람이야' 따위의 실패에 대한 상처를 집착적으로 파고들지 않게 될 테니 말이다. '새로운 내가 되면 되니까' 하며 위로받을 수 있지 않을까?

부캐가 없다면 부캐를 만들어 보는 건 어떨까. 내가 제일 만족할 수 있고 내가 제일 좋아하는, 내 행복에 초점을 맞춰 과감하게 설정한 부캐는 그 존재만으로 위로가 된다. 좋아하는 것만 잔뜩 담은 부캐로 당장 인생을 플레이하고 싶은 마음이 들지도 모른다.

　가끔 선배들에게 조언을 듣는다. "인생을 만만하게 봐서는 안 된다. 순탄치 않아서 신중하게 생각해야 한다. 나무를 보지 말고 숲을 봐라"라고. 하지만 오히려 그 반대라고 생각한다. 복잡하게 생각하지 않아도 된다. 단순하게 생각하자. 숲을 보지 말고 나무를 봐도 괜찮다. 한 치 앞도 모르는 미래를 예측하기 위해 지금의 기회를 놓칠 수는 없다.

　산 정상에 올랐을 때 그저 숲을 지나왔다고 생각할 때보다 숲속에 있는 사과나무, 단풍나무, 시냇물을 발견한 뒤 정상에 올랐을 때가 더 값지지 않은가. 그러니 우리가 신중하게 생각했었던 인생의 부담감들은 잠시 내려 두고, 부캐로 마음 편하게 과감하게 도전해 보자.

　부캐를 만들고 싶어 하는, 좋아하는 것을 하고 싶지만 처음으로 내딛는 도약이 망설여지는 이들에게 좋아하는 일을 해야 하는 이유에 대해 지금부터 이야기해 보려 한다.

내가 하는 이야기들이 백 퍼센트 정답일 수는 없지만 실패
라는 리스크 때문에 무언가 시도하는 것을 고민하고 있을 때,
혹은 도전하다가 막혀 고민이 있는 이들에게 이 책이 약간의
도움이 될 수 있는 튜토리얼이 되길 바란다.

Part.1

처음,
도전과 실패
그 사이에
서 있는 우리

내 인생의
첫 실패

'처음'이라는 단어에 대해 물으면 대부분은 이렇게 말한다.

"처음이라고 하면… 아무래도 설렘?"
"도전이라고 생각해요."
"시작이요. 발걸음을 처음 내딛는 거니까."
"처음 무언가를 하게 되면 아무래도 자신감이 넘치니까 열정이라는 단어가 떠오르네."

처음이라는 단어는 긍정적인 의미로 많이 쓰인다. 첫눈, 첫사랑, 첫걸음, 첫 번째…. 하지만 어릴 적 나에게 '처음'은 부정적인 단어였다. 두려움, 실패, 부담감, 긴장…. 항상 처음이 무서웠다. 음식 맛보기를 무서워해 먹을 수 있는 음식이 한정되어 있었고, 버스 타는 것을 무서워해 근 20년을 교통수단으로 지하철만 이용하고, 학창 시절에는 새 학년 새 친구를 사귀는 게 굉장히 힘들었다. 3월이 되면 '또 어떻게 친구를 사귀어야 하는 거지?' 하며 두려움에 떠는, 나는 태생부터 변화를 두려워하고 처음을 무서워하는 사람이었다.

실패할까 봐 무서웠다. 처음 보는 음식을 먹었는데 맛없을까 봐, 버스를 잘못 타서 지각할까 봐, 친구를 사귀었는데 나를 싫어할까 봐. 이런 사소한 실패를 생각하면 머리가 아파 애초에 시도조차 하기 싫었다.

낯선 길에 들어서면 길을 잃을까 봐 엄마 손을 꼭 잡고 벌벌 떠는 나를 보며, 엄마는 항상 한숨을 푹푹 내쉬며 나 대신 내 미래 걱정을 하셨다.

"아이고… 이렇게 겁이 많아서 무슨 일을 하고 살려고…"

엄마의 걱정과는 달리 코미디언으로, 웹툰 작가로, 유튜버로, 또 에세이 작가로 여러 인생을 살고 있다. 내 미래를 걱정하셨던 엄마도 가끔 동그랗게 눈을 뜨며 나에게 되묻곤 한다.

"아니 그렇게 겁이 많던 애가 뭐 이리 이것저것 하고 산대? 신기하게?"

"그러게요…. 나 같은 겁쟁이가."

처음을 두려워하던 내가 여러 가지에 도전하게 된 데에는 아이러니하게도 쓰디쓴 인생의 실패들이 있었다. 인생에 꼽을 만한 나의 첫 실패는 대학 진학이었다. 원래 공부를 잘하는 편도 아니었지만 '대학을 나오지 않으면 인생 망한다!', '대학은 인생의 필수 코스!'라는 당시 사회 분위기에 나는 대학을 가지 못하면 정말로 인생이 그대로 끝나는 줄 알았다. 딱히 가고 싶은 과도 없어 성적에 맞춰서 서울권 대학에 입학 지원 서류를 넣었다. (지방에 있는 대학을 가면 무시당한다는 말만 믿고 무리하게 서울권 대학에만 지원 서류를 넣었다.) 결과는 전부 탈락. 변화를 두려워하는 나에게 '남들이 다 가는 필수 코스 대학을 가지 못하는 인생'이라는 첫 변수가 생겼다.

수능을 망쳐 원하던 대학에 진학하지 못한 다른 친구들은 재수 학원을 알아보고 있었으나 집안 형편이 넉넉지 못한 나는 그럴 수도 없었다. '아, 이대로 내 인생은 끝나는 건가…' 처음 겪는 실패에 열아홉 살의 나는 심각한 생각을 하다 잠들었다. 영원히 잠들 거 같았지만 다음날 내 생각과는 정반대로(당연하지만) 똑같이 눈을 떴다. 대학 진학 실패로 세상이 전쟁이라도 나듯 무너질 줄 알았는데 여전히 햇살은 따사롭고 한적한 골목에서는 아이들이 뛰어 노는 소리가 희미하게 들렸다.

부스스한 머리로 멀쩡한 세상을 멍하니 바라보던 나에게 엄마가 말했다.

"일어났니?"
"엄마, 나 대학 다 떨어졌어요."

아침 인사 대신 불합격 인사로 엄마를 맞이했다. 엄마가 화를 내거나 슬퍼하실까 봐 잔뜩 겁을 먹은 상태로 엄마의 대답을 기다렸는데 엄마는 "밥 먹어"라는 말로 화답해 주셨다. 거실로 나오니 식탁에는 김이 모락모락 나는 김치찌개에 계란말이와 몇 가지 반찬이 차려져 있었고 오빠와 아빠가 앉아 있었다. 자리에 앉자마자 또 말했다.

"나 대학 다 떨어졌어요."
"그래. 밥 먹어라."

아빠도 내게 위로하거나 조언하지 않았다. 나름의 큰 사건이라고 생각했는데 그냥 또 다시 평범한 일상이 흐를 뿐이었다. 평범한 일상의 소리를 깬 건 의외로 대학을 다니고 있는 오빠였다.

"좋겠다. 넌 대학 안 가도 되고."

오빠의 이 한마디에 나와 부모님은 빵- 터져서 웃어버렸다. 내 인생의 첫 실패는 그렇게 우리 가족에게 아무렇지 않은 해프닝으로 마무리되었다.

나름 큰 실패에 인생의 큰 변화가 일어난다거나 사회에서 낙오한다거나 가족 혹은 친구들에게 무시당할 줄 알았는데 나는 똑같은 일상을 살았다. 아르바이트를 할 때도 대학을 못 갔다는 이유로 짤리거나 뽑히지 않는 일은 없었고, 대학 진학을 못했다고 해서 친구들에게 무시를 당한다거나 하는 일도 없었다.

실패가 또 다른 실패로 이어지는 일은 없었다. 일어나지 않을 일에 대한 나의 과대망상이었다. 처음으로 실패에 대한 트라우마를 극복했다.

베스킨라빈스에서 초콜릿 맛만 먹었던 나는 난생 처음 슈

팅스타라는 아이스크림을 시켜 톡 쏘는 맛을 경험해 보았고. 버스 타기를 무서워하여 지하철만 탔던 나는 난생 처음으로 버스를 타서 빠르게 변하는 창문 밖 풍경을 바라보는 것에 시간 가는 줄 몰라 했다.

사소한 첫 경험들 속에 실패도 물론 있었다. 처음 도전했던 음식이 맛없기도 했고, 지름길을 찾는다고 모르는 골목길로 들어서다 길을 잃은 적도 있었다. 성공보다 실패를 더 많이 겪었다. 하지만 괜찮았다. 성공보다 그런 실패들이 나를 알아가는 과정이었다. 실패가 쌓이고 쌓일수록 스스로가 단단해졌다. 시작의 두려움이 점점 사라졌다. '반드시 성공해야 해! 이거 실패하면 인생 끝이다! 성공만이 살 길!'이라는 부담으로 무언가를 시작하는 건 오히려 나에게 독이 된다는 것을 여러 실패를 통해 알아갔다.

'실패해도 되니까 보여주려는 것을 확실히 보여주자! 실패해도 다시 도전하면 되니까'라는 가벼운 마인드를 갖추니 일을 시작할 때 망설임이 사라지고 긴장 또한 사라졌다. 그러다 보니 하고 싶었던 일들에 대한 욕심이 생겼다. 실패해도 좋으니까 내가 좋아하는 것을 해보자! 실패하더라도 내가 좋아하는 걸 하는 거니까 실망하지 않을 자신 있어! 실패를 딛고 일어날 확고한 마인드가 자리 잡혔다. 하고 싶은 일을 가벼운 마음으로, 그리고 쉽게 도전할 수 있었다.

나의 단점이 상대방에게 드러날까 봐, 그리고 실패할 때 나에게 실망할까 봐 시작조차 못하는 경우가 많다. 하지만 괜찮다. 세상에 완벽한 도전은 없다. (신조차 세상을 만들 때 완벽하고 아름다운 세상만 만들지 아니하고 금단의 사과나 간사한 뱀도 탄생시키지 않았는가.) 어리숙한 도전이 실패를 딛고 성공했을 때 성취감은 배가 된다. 그리고 그 과정에서 겪었던 실패는 부정의 단어로 남는 것이 아니라 드라마틱한 스토리가 가미돼 우리의 도전을 더욱 빛나게 해준다.

오늘도 나는 여전히 크고 작은 실패를 맛보고 있다.

하지만 두렵지는 않다.

다시 하고 싶으면 다시 시작하면 되고

나와는 맞지 않는 일이구나 싶으면

다른 일에 새로 도전하면 되니까.

그 누구도 나를 비난할 수 없고

또 비난하지도 않을 테니까.

실패했다고 인생의 패배자라는 생각에 젖어 있기엔

인생엔 새로 도전하고 싶은 일들,

하고 싶은 일들이 많이 있으니까.

그러니 부디 부담 갖지 말고

하고 싶은 일에 망설이지 말고 도전해 보자.

삶의 원동력
찾아내기

미국 예능 프로그램에서 코미디 영화의 흥행수표, 배우 짐 캐리의 인터뷰를 봤다.

"당신 코미디의 원동력은 어디에서 나오는 겁니까?"

유쾌한 질문에 코미디언답게 그 역시 위트 있는 답변을 할 줄 알았으나 그의 입에서 의외의 답변이 나왔다.

"절박함."

절박함이 왜 코미디의 원동력인지 진행자가 묻자 짐캐리 는 말했다.

"제 어머니는 몸이 좋지 않아 매일 침대에서 병마와 싸우 고 있었습니다. 저는 그런 엄마를 웃게 만들고 싶었어요. 그래서 일부러 계단에서 넘어지는 행동을 하고 어딘가에 부딪치는 행동을 했습니다. 그때마다 엄마는 바보 같다며 그런 저를 보며 웃었죠. 엄마를 웃기고 싶은 절박함에서 제 코미디 원동력이 나오게 된 것 같습니다. 사람들은 뭔가를 하려면 동기가 필요합니다. 사람들이 절박함 없이 무언가를 할 수 있다고 생각하지 않아요. 절박함은 뭔가를 배우거나 창조하기 위한 필수 재료입니다."

신기하게도 코미디의 대부라고 불리는 찰리 채플린에게도 절박함에 대한 일화가 있다. 찰리 채플린의 자서전을 보면, 그는 어릴 적 찢어지게 가난했다. 그의 어머니는 연극배우였는데 벌이가 좋지 않아 하루 벌어 하루 먹고 사는 일상의 반복이었다고 한다.

하루는 감기에 걸린 그의 어머니가 노래를 부르는 도중 목이 쉬어 음 이탈을 일으켰다. 관객들은 야유를 퍼부었다. 어머니는 노래를 끝마치지 못하고 무대를 내려왔고, 목 상태가 심각해 무대에 다시 오를 수 없었다. 공연을 끝내지 못하면 돈을 받지 못했기에 찰리 채플린은 절박했다. 돈이 없으면 또 굶어야 하고, 집세를 내지 못해 집에서 내쫓길 상황이었다. 어린 찰리 채플린은 지푸라기라도 잡는 심정으로 극장 단장을 찾아가 본인이 엄마를 대신해 노래를 부르겠다고 말했다. 단장은 공연 시간이 촉박해지자 어쩔 수 없이 그의 제안을 받아들였다.

무대에 오른 어수룩한 꼬마 아이는 그 순간 엄마를 흉내 내야겠다는 기지를 발휘했다. 조금 전 엄마가 노래를 부르다 실수한 목소리를 흉내 냈다. 관객들은 자지러지게 웃었고 그를 향해 앙코르를 외치며 동전을 마구 던졌다.

그는 감사 인사도 하지 않은 채 오로지 집세를 내야 한다는 생각에 바닥에 떨어진 동전을 정신없이 주웠다고 한다. 어머니는 그의 행동에 큰 상처를 받았지만, 그 공연 덕분에 밥값과 집세를 가까스로 냈다며 그는 자서전에서 회상했다. 오죽 절박했으면 그는 '인생은 가까이서 보면 비극이고 멀리서 보면 희극'이라는 명언을 남겼을까.

큰 성공을 거둔 두 코미디언은 자신의 원동력이 절박함이었다고 했다. 어린 나이에 이 이야기들을 들었을 땐 그다지와 닿지 않았다. 창조의 원동력이라 하면 무조건 긍정적이고 밝은 사고에서만 나와야 한다고 생각했다. 하지만 나이를 먹고(그렇게까지 많이 먹지는 않았지만) 현실을 마주해 보니 절박함이 삶의 원동력이 된다는 그들의 말에 격하게 동의하게 되었다.

　처음으로 자취를 시작했을 때 마주한 현실은 놀라웠다. 혼자서 살면서 이렇게까지 돈을 많이 쓸지 꿈에도 생각하지 못했다. 월세, 관리비, 공과금, 보험비, 생활비 등등등. 자취라고 쓰고 돈이라고 읽을 정도로 생활비에 쪼들렸고 '텅장'은커녕 마이너스 통장이 되기 일보 직전이었다.
　힘든 상황이 오면 금방 자취를 접을 줄 알았으나 자취 스트레스는 오히려 더 열심히 일을 찾는 계기가 되었다. 더 열심히 일하고, 더 열심히 절약하는 법에 대해서 공부하고, 뭐든 닥치는 대로 과감하게 도전했다. 본가에서 온실 속 화초처럼 태평하게 자랐던 나는 온데간데없어지고 어떻게 해서든 어떻게 될지도 모르는 내일을 위해 끝까지 살아나가려 열심히 사는 인간이 되어 있었다.
　극에 달한 자취 스트레스에서 벗어나고 싶은 절박함에 내 고통을 그림으로 그렸다. '웃픈 현실 자취'를 주제로 그림을 그리면서 스트레스에서 조금씩 벗어났다. 꾸준히 그렸던 그림이 네이버 웹툰 연재라는 좋은 기회로 이어지자 비로소 내가 존경했던 두 코미디언이 했던 이야기를 온전히 이해할 수 있었다. 사람이 절박하면 어떻게든 그 상황을 모면하려고 애쓰는구나.

　절박함은 나쁘고 안 좋은 감정이라고만 생각했지, 겪어보니 나의 삶을 움직여 주는 원동력이 될 수도 있었다. 스트레스를 덜 받고 싶다는 절박함이 목표를 만들어내고 이내 생각지도 못한 성과를 이뤘다.

　가끔 우리에게 찾아오는 위기에, 우리는 좌절한다. 하지만 그 좌절 속에서의 절박함이 우리를 새로운 탈출구로 이끈다는 사실을, 지금 닥친 위기가 무언가를 배우거나 창조하는 데 필요한 필수 재료라는 사실을 잊지 않아야 한다. 우리는 생각보다 나약한 존재가 아니기에 절박함을 헤쳐나갈 수 있는 용기와 기지를 모두 가지고 있다.

　절박함이 주는 긴장감을 공포로 받아들이지 않아도 된다. 무언가 새롭게 진화할 수 있는 계기가 되는 과정이 나에게 찾아오겠구나 생각하면 우리는 다가오는 절박함을 도피하지 않고 좀 더 과감하게 맞닥뜨릴 수 있을 것이다.

크림 통에 생쥐 두 마리가 빠졌다.

한 마리는 포기하여 바로 빠져죽고

다른 한 마리는 포기하지 않고

열심히 크림을 휘저어 버터를 만든 뒤 빠져 나왔다.

- 영화 〈캐치 미 이프 유 캔〉

느리게 피는
벚꽃나무

나는 굉장히 느린 편이다. 무엇이 느리냐고? 그냥 전부 느리다. 말도 느릿느릿하게 해 내가 이야기할 때 사람들이 답답해 하고, 걸음걸이도 상당히 느려 10분이면 도착할 거리를 20분 걸려 도착할 정도다. 사람은 세 번 이상 봐야 누군지 겨우 알아본다.

　내가 다른 사람보다 느리다는 건 나보다 엄마가 먼저 눈치챘다. 유치원에 다녔지만 여덟 살 때까지 한글을 읽을 줄 몰랐다. 아직도 기억나는 어릴 적 장면이 있다. 글을 몰라 인어공주 동화책을 그림으로 유추하여 스토리를 마음대로 지어버렸다. 내가 일곱 살 때, 엄마는 필사적으로 나에게 글을 알려주었다. 낱말 카드로 가르치기도 하고 학원을 보내도 보았지만 무용지물이었다. 어디 모자란 건 아닐까(?) 많이 걱정하셨다고.

　초등학교에 입학하기 일주일 전에야 가까스로 한글을 읽을 수 있게 되었는데 그 단어가 아직도 선명하게 기억난다.

"낙타."

내가 처음 한글을 깨우쳤던 영광스러운 단어다.

나의 느릿느릿은 여기서 그치지 않았다. 남들은 한 번에 이해할 수업 내용을 나는 여러 번 반복해서 들어야 겨우 이해했고 시험을 보면 항상 낙제점을 받아 나머지 수업을 빼먹지 않고 듣는 반 꼴찌로 자리 잡았다.

성인이 되고 나서도 이 느릿느릿은 사라지지 않았다. 코미디언이 되겠다고 스무 살 나이에 극단에 들어갔더니 지망생 선배들은 말해줬다.

"대부분 극단 생활을 2년 정도 하다가 코미디언이 되곤 하지."

이야기를 듣던 나는 '아 그렇구나? 그렇다면 나는 스물두 살 쯤에 코미디언이 되겠네?' 하고 생각했다. 하지만 그 뒤로 5년 동안이나 지망생 생활을 했다. 예상했던 것보다 두 배가 넘는 시간을 지망생(이라 쓰고 백수라 읽는다)으로 보냈다. 초조해지기 시작했다. 동료들은 하나둘 코미디언이 되어 있었고 나만 제자리걸음인 모습에 불안해 하며 발만 동동 굴렀다.

'나는 언제까지 지망생으로 살아야 하는 거지? 사실 내 길이 아닌 거 아닐까?'

3년…4년…5년…. 햇수가 찰수록 걱정이 많아졌고 걱정은 이내 불만으로 변했다. 왜? 왜 나만 이래? 나만 이렇게 느려? 연습하는 시간보다 지망생 동료들과 인생을 한탄하며 보내는 시간이 많아졌고 공연이 끝나면 회의를 하는 게 아니라 술을 퍼마시면서 우린 안 될 거야 하는 식의 영양가 없는 농담 따먹기나 하고 있었다. 그렇게 조금씩 망가져 가며 '코미디언이 되어야 겠다'라는 본질은 흐려지기 시작했다.

무서운 건 이렇게 조금씩 망가져 갈 때는 무엇이 잘못되고 있는지 눈치 채지 못한다는 점이다. 아주 조금씩 느리게 부정적인 생각은 나를 좀먹고 있었다. 시험에서 떨어지면 '제작진이 보는 눈이 없네'라고 생각했고 보완해야 하는 점을 찾는 게 아니라 그 심사위원의 문제점을 찾았다.

그렇게 좋아했던 개그 프로그램 보는 것이 고통스러웠다. 나랑 같이 극단 생활을 시작했던, 아니면 나보다 더 늦게 시작했던 동료들이 TV 무대에 서서 연기하고 있는 모습을 보는 게 괴로웠다. 동료들이 데뷔해 배가 아파서라기보다 나만

집에서 조촐하게 맥주 한 캔 홀짝이며 궁상맞게 그 모습을
지켜보는 게 한심해서… 마음이 따끔… 할 줄 알았으나…

퍽-

갑자기 등짝이 따끔해졌다.
뒤를 돌아보니 내 등짝 뒤에 엄마가 서 있었다.

"이년이 대낮부터 맥주를 처먹고 있어 미쳤어?!"
"나랑 같이 있던 애들은 다 코미디언 됐는데 나만 이러고
있는 게 슬퍼서 그렇다!"
"이렇게 술만 처먹고 있으니까 안 되지!! 네가 코미디언 되
는 거보다 내가 여배우 되는 게 더 빠르겠다! 이렇게 술만 마
실 거면 나가!!"

이 말을 끝으로 나는 엄마에게 다시 한번 등짝 스매싱을
당했다. 엄마 손은 약손이라고 했는데 이렇게 아픈 손짓도 약
인가. 하긴 약도 먹으면 쓰긴 쓰지….
그렇게 쫓겨나듯 집에서 나와 맥주 한 캔을 들고 동네를

36

거닐었다.

지하철역 근처 벤치에 걸터앉아 맥주를 홀짝이고 있는데, 다들 종종걸음으로 지하철역 안으로 가기도 밖으로 빠져나오기도 했다.

'다들 뭐가 그리 바빠서 저렇게 빨리 걸을까? 난 이렇게 느린데…'

열심히 살고 있는 사람들을 바라보니까 내 인생의 시계 초침만 멈춰 있는 것 같았다.

그런 생각을 하고 있을 때 누군가 뒤에서 내 이름을 불렀다.

"안가연!"

뒤돌아서 보니 고등학교 동창이 맑은 미소로 내게 인사하고 있었다. 사회 초년생이 된 듯 화사하게 입은 세미 정장에 높은 구두를 신은 친구는 반짝이는 입술에 미소를 머금고 있었다.

"오랜만이다! 여기서 딱 만나네. 잘 지냈어?"
"어어… 잘 지냈지."

라고 말했지만 누가 봐도 나는 잘 지내고 있지 않은 모습이었다. 푹 눌러쓴 야구 모자, 맨발에 슬리퍼를 끌고 추리닝 반바지에 대충 입은 평퍼짐한 점퍼. 한 손에 들려 있는 반쯤 남은 캔 맥주. 진짜 쥐구멍이라도 숨고 싶었다.

"친구들한테 들었어. 코미디언 준비 중이라며. 예전부터 그게 꿈이라고 하더니 멋있다."

"아냐… 계속 떨어지고 있는데 뭐…."

"그래도 잘될 거야! 너 학창 시절에 웃겼잖아! 너는 언젠간 꼭 될 거야!"

너는 언젠간 꼭 될 거야.

오랜만에 듣는 칭찬에 눈물이 핑 돌았지만 애써 꾹 참았다.

"고마워."

오랜만에 만난 동창과 짧은 대화를 끝마치고 집으로 가는 길에 벚꽃이 피어 있는 나무 한 그루를 보았다. 다른 벚꽃들이 다 필 때 그 나무만 꽃이 피지 않더니 늦은 시기에 혼자 화사하게 만개하고 있었다. 꽃이 다 져서 푸른 벚나무 중간에 혼자만 핑크빛인 그 화려한 나무를 보니 여러 생각이 들었다. 어린 시절부터 느리게 살아왔던 삶을 곱씹어 보았고, 그리고 지금의 삶에 대해 생각했다. 생각해 보면 어린 시절에는 남들과 다른 느린 시간을 살아도 불만이 없었는데, 지금은 왜 이렇게 불만만 많아진 걸까.

무엇이 나를 조급하게 만드는 걸까. 모두 각자의 시기가 있을 텐데. 그래. 내게도 저 벚나무처럼 나의 시간이 찾아올 거야. 지금은 느린 것뿐이야. 남들 걸음걸이 따라하지 말고 내 템포 대로 천천히 걷자. 이런 생각을 하니 마음이 편안해지고, 나의 느린 템포에 맞춰서 연습량도 많이 늘렸다. 그리고 그해 나는 코미디언이 되었다.

남들보다 늦게 코미디언이 됐다고 생각했는데 그해 내 나이 스물다섯 살. 거기서 내가 가장 어렸다. 5년이라는 세월을 지망생으로 지냈으나 남들보다 이른 스무 살에 지망생시절을 겪어서였던 것이다. 내가 느리다고 생각했는데, 빠른 나이에 코미디언이 됐다고 하는 말에 웃음만 나왔다. '시간'은 집착할 만한 게 아니었구나….

꽃이 피는데 '적절한 시기'는 존재하지 않는다. 그냥 어떤 꽃은 일찍, 또 어떤 꽃은 느리게 각자의 템포에 맞춰서 피고 지는 것 뿐.

여전히 나는 내 템포에 맞춰서 느리게 천천히 걷고 있다. 난독증이 심해서 글을 쓸 때 작업 시간이 남들보다 배로 걸리고 대사를 읽을 때 더듬는 버릇이 있어서 남들은 세 번 읽으면 마스터하는 대사도 나는 수십 수백 번을 읽어야 더듬지 않고 깔끔하게 말할 수 있다. 하지만 이런 내 모습에 큰 불만은 없다. 나는 원래 이 템포로 걸었던 사람이니까.

빠르게 걷든 느리게 걷든 기회는 온다. 기회는 누군가를 거르고 가지 않으며 어느 누구에게나 공평하게 반드시 찾아온다. 그 기회의 시간대가 각자 다 다른 것뿐. 누군가에게는 빠르게 올 수도 누군가에게는 느리게 올 수도 있다. 때를 기다리며 열심히 준비할뿐 남들보다 느리다고 자책할 필요는 없다. 느리면 느린 대로 나의 템포에 맞춰서 살면 된다. 느리다고 해서 결코 늦어지는 것은 아니다. 각자 자신만의 빛나는 시간이 있으며 그 시간을 어떻게 활용하는지는 본인만의 노력으로 정할 수 있는 일이니까.

요즘도 나는 벚꽃 시즌이 오면

듬성듬성 피어나지 못한 벚나무를 보며 생각한다.

"벚꽃들이 다 질 때쯤은 네가 활짝 피어 있겠구나.

지금은 힘들겠지만 그때까지 힘내라."

멈췄던 꿈
다시 꾸기

어릴 적부터 24시간 중 잠자는 시간 빼고 그림에 미쳐 있었다. 그림 그리는 것이 좋았고 글씨 쓰라는 노트에 만화를 그리고선 반 친구들에게 보여주는 것이 인생의 낙이었다. 친구들이 내 만화를 서로 먼저 보겠다며 투덕투덕거리면 나도 모르게 어깨가 으쓱해지곤 했다. "다음 편은 언제 나와?"가 가장 듣기 좋았고 "나 그려주라"가 가장 듣기 싫었던 그 시절.

　좋았던 초등학생 시절이 다 가고 진로를 결정하는 시기가 왔을 때 당연히 나는 그림쟁이로서 준비가 되어 있었다. 부모님에게 만화를 그리고 싶다고, 만화가가 되고 싶으니 그림 학원에 보내달라고 말했다. 긍정적인 이야기가 우리 사이에 오갈 줄 알았으나 안타깝게도 부모님 입에서 떨어진 말은 "안 돼"였다.

　"왜?"라고 반박하고 싶었지만 나 또한 어렴풋이 알고 있었다. 그림 학원에 다닐 돈이 없다는 걸. 말하지 않아도 집안 환경에서 그 답이 나왔었으니까. 온수가 나오지 않아 한겨울에도 항상 물을 끓여서 샤워할 정도로 집안 사정은 좋지 않았다. 사춘기 시절이었지만 반항도 하지 않고 알겠다고만 이야기했다.

어렸지만 나도 알고 있었다. '만화가라는 직업은 내가 할 수 있는 직업이 아니야. 난 돈이 들어가는 직업을 꿈꾸면 안 돼. 그림 그릴 때 재료값도 들고 학원도 비싸니까. 할 수 없어. 우리 집은 가난하니까.'

부모님에게 그림을 그리고 싶다고 그림 학원에 가고 싶다고 처음이자 마지막으로 이야기한 그날, 만화가의 꿈을 완전히 접었다. 수백권의 연습장도 그날 전부 갖다 버렸다. 하지만 아빠가 용산 테크노마트까지 내 손을 잡고 가서 비상금을 털어 사주셨던 타블렛은 차마 버릴 수가 없었다. 그림을 하도 많이 그려서 케이블 선이 다 뜯어진 고장난 타블렛이었는데도. 그날 그 타블렛을 부여잡고 이불속에서 숨죽여 울었다. 어떻게 바꿀 수 없는 노릇이었다. 갑자기 집을 부자로 만들 수도 없었고, 그렇다고 내 그림 실력이 드래곤볼 작가 뺨치는 것도 아니었다. 이런 상황에서 내가 할 수 있는 일은 아무것도 없어 보였다. 그저 포기하는 것 말고는 답이 안 나왔다.

그 뒤로 그렇게 좋아했던 그림을 완전히 끊었다. 그림을 그려봤자 이룰 수 없는 기대감만 생기니까.

그렇게 10년이라는 세월이 지났다.

만화가의 꿈을 접고 새로운 꿈이 된 코미디언. 10년이 지나 코미디언이 되었고, 그리고 어른이 되었다. 어른이 되었다는 게 20대 때는 실감이 나지 않았지만 부모님의 품을 벗어나 독립을 하고서 나만의 보금자리를 꾸미니 새삼 '어른이 되었구나…'라는 생각이 들었다. 그러다 문득 어린 시절의 만화에 올인했던 내가 떠올랐다.

"10대 땐 만화에 청춘 다 바치고 20대 땐 개그에 청춘 다 바쳤네."

혼자 자취방 천장을 바라보다 그렇게 중얼거렸다. 그러다 무심코 머리맡에 있었던 메모장을 펼쳐 그림을 그리기 시작했다. 아직도 그릴 수 있나? 하는 마음에 슥슥 그림을 그려봤는데, 신기하게도 그림이 그려졌다. 아직도 할 수 있네? 신기함과 동시에 오랜만에 느끼는 두근거림에 무엇인가에 홀리

듯 노트북을 꺼내들어 타블렛을 구입했다.

그 뒤로 자취방에서 어릴 적처럼 정신없이 그림을 그리기 시작했다. 그 순간에는 '만화가가 되고 싶다'라는 생각보단 그때 그 만화에 대한 사랑과 열정을 다시 느끼고 싶었다. 어릴 적에 포기해서 너무 늦어버린 만화가라는 직업에 대한 그리움도 있었다. 포기해서 그리지 못했던 그림을 성인이 돼서 돈 걱정 없이 맘껏 그릴 수 있을 거라는 생각에 응어리졌었던 무언가가 해소되는 기분이었다.

그래, 나 그림 그리는 거 정말 좋아했었지. 예전엔 그림 그리는 것을 포기했지만, 이젠 그러지 않아도 돼. 내 만화를 사람들에게 보여주고 싶었다. 어릴 적에 반 친구들이 내 만화를 보며 재미있다고 칭찬해 줬던 그때가 그리웠다. 그 생각이 들자마자 고민도 없이 만화를 그리기 시작했다.

자취를 시작할 당시 아까운 월세와 끝나지 않는 집안일로 스트레스를 받던 나는 '이 부분을 만화로 그려 해소하자!'는 취지로 만화를 그렸다. '자취의 로망만을 알려주는 페이스북과 인스타그램이 사실이 아님을 밝히자! 리얼한 자취 이야기를 만화로 만들어서 고발하자!'라는 다소 황당무계한 생각으로 웹툰을 시작했다.

그렇게 나의 첫 만화 〈혼밥 혼술 혼자 사는 이야기〉는 탄생했다. 도전 만화에 처음 올렸던 당시, 내 웹툰은 그다지 인기가 없었다. 조회 수는 3~4회 정도 나왔지만 누군가 내 만화를 봐주는 것 자체로도 행복했다. 웹툰이 재미있다는 처음 달린 댓글에 하루 종일 행복했고, 얼른 다음 주가 돼서 다음 화를 보여주고 싶은 생각으로 가득 찼다. 웹툰을 시작하고 주변 사람들은 무슨 좋은 일이 있냐며 왜 이리 밝아졌냐고 할 정도로 생기가 돌았다.

매주 거르지 않고 정해진 시간에 웹툰을 업로드하자 네이버 도전 만화에서 베스트 도전으로 승격됐다. 이때도 '웹툰 작가를 향해 한걸음 더 나아갔다!'는 생각보다 댓글이 더 많이 달리겠다는 생각에 심장이 두근거렸다. 더 많은 사람들이 내 만화를 보고 반응하는 것에 행복감을 느꼈다. 개그 회의를 하고 그 뒤 남은 시간은 모두 그림을 그리는 데 쏟아 부었지만 하나도 힘들지 않았다. 예전보다 에너지가 오히려 더 넘쳤다. 그렇게 꾸준히 즐겁게 웹툰을 그린 지 8개월이 되던 때 네이버에서 정식 연재 제안 메일 한 통이 날아왔다. 기분이 정말 묘했다.

어릴 적에 정말 좋아했던 만화,

어쩔 수 없이 포기했던 꿈,

어릴 적 기분을 느끼고 싶어서 다시 시작한 만화,

그리고 만난 뜻밖의 기회.

그렇게 스물아홉 살이라는 나이에 웹툰 작가라는 또 다른 직업이 생겼다. 직업을 갖기에는 적지 않은 나이고 꿈을 이뤘다고 하기에는 많지 않은 나이였다. 꿈을 포기한 지 너무 오래돼서 나 같은 애는 다시는 꿈을 이룰 수 없다고 생각했다.

하지만 그건 포기했던 꿈이 아니고, 잠시 멈췄던 꿈일 뿐.

시기가 언제가 됐든 나이가 적든 많든

언제든 즐거운 마음으로, 그리고 열정으로

다시 시작해도 된다는 것을 이제는 안다.

결코
혼자가 아니야

"전두탈모입니다. 곧 머리카락이 다 빠질 겁니다."
"네?"

　의사 선생님이 담담하게 말씀하신 이야기는 스물일곱 살 (女)의 꽃다운 나이에 듣기엔 너무 가혹했다. 좋아하는 일을 하고 있었지만 스트레스를 피할 수는 없었다. 결국 전두탈모라는 질병이 찾아왔다.

　글을 읽는 분들께 전두탈모라는 단어가 아마 생소할지 모르겠다. 스물일곱 살의 나도 그게 무엇을 의미하는지 몰랐다. 전두탈모, 그러니까 머리 전체 두피에서 모든 머리카락이 빠지는 병이었다. 집에 돌아오는 길에 눈물을 흘리며 지하철을 탔다. 의자에 쭈그려 앉아서 도착역에 다다를 때까지 울었다. 뭐가 그렇게 스트레스였을까. 좋아하는 일을 하고 있는데 뭐가 그리 힘들었을까. 꿈을 좇아 훌륭한 코미디언이 되니 마니 해서 결국 이룬 것이라곤 전두탈모라는 병밖엔 없네….

전두탈모를 앓던 그해엔 더욱 혼자만의 생각에 갇혀 지냈다. 집 밖에는 절대 나가지 않았고 심지어 머리가 빠진 모습을 가족들에게도 보이기 싫어 내 방 안에만 지냈다. 그야말로 히키코모리였다. 나는 왜 이럴까? 왜 이리 약한 존재인 걸까? 내 이런 모습을 아무도 좋아하지 않을 거야. 혼자만의 암울한 생각은 극심한 우울함을 낳고 머리 상태는 더 급격하게 나빠졌다. 거울로 내 자신을 보는 것이 싫어 방에 있는 모든 거울을 없애버렸다.

건강에 대한 걱정보다 더 두려웠던 것은 나를 바라보는 다른 사람의 시선이었다. 나를 나약한 사람이라고 바라볼 것 같다는 생각과 나의 추해진 몰골을 다른 사람들은 어떻게 바라볼까라는 생각이 나를 괴롭혔다. 이런 생각들이 더더욱 나를 혼자 있게 만들었다. 그렇게 폐인처럼 지내고 있던 어느 날 동기 K가 우리 동네로 대뜸 찾아와 나에게 전화를 했다.

"나 너네 동넨데 잠깐 얼굴 보자."

K의 말에 나는 망설였다. 이 상태로 나가도 될까? 모자를 써도 밉게 삐져나오는 숱 없는 머리카락을 보면 K는 무슨 생

각을 할까. 찰나의 순간에 오만 가지 생각을 다 했다. 수화기 너머로 내가 말이 없자 K는 우리 집 앞에 찾아오겠다고 했고 망설임 끝에 K를 만났다. 집 앞 카페에서 커피를 시키고 기다렸던 K는 내 얼굴을 보자마자 반가운 얼굴로 손짓했다. 내 몰골을 보고 엄청난 표정을 지을 거라 각오했는데, K의 표정을 보자마자 긴장이 풀렸다. K에게 전두탈모에 관한 이야기는 절대 하지 않았다. K는 나에게 그동안 근황을 이야기하다가 이윽고 말문을 뗐다.

"왜 사무실에 안 나와?"

K의 말에 나는 아무 대답도 하지 못했다. 쉽게 말을 하기가 어려웠다. 처음 겪는 병이 두려워서일까. 차마 대답은 못 한 채 눈을 질끈 감은 나의 손을 K는 덥석 잡았다.

"너 치료비는 있어?"
"…아니. …돈 없지."
"그럼 더 나와야지. 같이 해보자. 내가 도와줄게."
"아니야. 나 혼자 할 수 있어…. 어떻게든 해서 나아야지.

이때까지 그래 왔던 것처럼."

내 두 손을 잡은 K의 손이 파르르 떨리는 것을 느꼈다.

"혼자? 지금껏 네가 혼자 해왔던 거라고 생각해?"

내가 눈을 동그랗게 뜨고 쳐다보자 K는 말을 이었다.

"나는 이제껏 동기로서 너와 내가 지금 이 시기를 견디는 것이 함께라고 생각하는데. 사실 조금 섭섭해. 아프면 아프 다고 나한테는 솔직하게 털어놓을 줄 알았어. 기억나? 내가 힘들다고 다 그만두고 싶다고 말했을 때 네가 옆에서 응원해 줬잖아. 그래서 나는 그만두지 않았어. 혼자선 힘들지만 응원 하고 있는 너도 함께라고 생각하니까 든든해서. 다들 혼자 사 는 세상이라고 말하는데, 사실 그런 게 어딨니? 세상에 혼자 서 할 수 있는 것은 없어. 혼자서 뭐든 할 수 있다고 생각하면 그냥 무인도에서 혼자 살아야지 안 그래?"

혼자라고 생각했다. 아프기 전에도 말이다. 혼자의 힘으로 꿈을 키워나가고 혼자의 힘으로 어려운 지망생 시절을 거쳐 혼자의 힘으로 코미디언이 되었고 그리고 혼자이기 때문에 이런 병을 앓게 되었다고. 모든 것이 혼자 지내면서 생긴 개인적 일이라고 생각했다. K의 말을 듣고 보니 그녀의 말이 맞았다. 사실 나 혼자서 이뤘던 일은 없었다고. 나의 행동에 웃어주는 주변인이 있어 꿈을 키웠고, 어려운 지망생 시절도 동료들이 있어 버틸 수 있었고, 혼자 힘으로 꿈을 포기하지 않았던 게 아니다. 주변인의 응원이 있었기 때문에 꿈을 이룰 수 있었다. 혼자서 이뤘다고 생각했지만 사실 혼자가 아니었다. 그리고 지금 전두탈모라는 병에 걸렸다며 혼자를 자처하는 나의 손을 잡은 동기는 내가 혼자가 아니라고 말한다.

"다들 네 걱정하고 있어. 얼른 나와 바보야. 머리는 가발 쓰면 되잖아. 도와줄게."

나약한 나를 주변 사람들이 날카롭게 바라볼 것이라는 생각은 내가 만들어낸 나약한 편견이었다.

"고마워."

정말 많이 힘들었던 시기에 주변의 도움을 받아 병을 극복했다. 혼자라는 생각만 진짜 혼자만의 생각이었다. 혼자가 아니었다. 모두가 나의 병을 함께 극복하자며 긍정적인 이야기들을 해줬고 실제로 많이 도와줬다. 어느 날은 내가 볼드캡을 쓰고 특수 분장을 해야 하는 때가 있었다. 그 분장을 하려면 가발을 벗었어야 했는데, 내 머리를 보고 놀라면 내가 상처받을까 봐 아무도 내 머리를 보지 않았다. 누가 시키지도 않았는데 그렇게 해주었다.

어느 날은 전두탈모라는 사실을 잊어버리고 목욕탕을 가서 목욕비를 지불한 적이 있다. 어떡하나 당황했지만 이왕 이렇게 된 거 그냥 가자!라는 생각에 대머리인 채로 목욕탕에 들어갔다. 다행히 아무도 내 머리를 뚫어져라 보지도 않고 눈길조차 주지 않았다. 내가 당황해할까 봐 목욕탕에 있던 사람들이 그렇게 행동했던 거라고 생각한다.

이렇게 아는 사람, 모르는 사람에게도 배려를 받자 정말 혼자가 아니라는 생각이 들었고 전두탈모를 극복한 지금도 혼자서 이룬 일은 없다고 믿는다. 함께하는 동료들 덕분에 지금껏 쭉 무대에 오를 수 있었고, 관객들 덕분에 포기하지 않고 계속해서 무대에 오르고 싶다는 욕심이 생긴다. 독자들이 내 만화를 좋아해 줘서 웹툰 작가가 되었고 응원해 주고 함께하는 사람들이 있기 때문에 지금의 내가 존재한다고 믿는다. 항상 모든 사람에게 감사하는 마음으로 살아가고 있다.

꿈을 향해 고독한 싸움을 하고 있다고
생각하는 사람에게 이야기해 주고 싶다.
결코 우리는 혼자가 아니라고.
누군가의 작은 응원과 작은 칭찬 속에 꿈을 키우길.
같은 꿈을 달려나가며 위로를 건네는
작은 한마디 한마디를 부디 놓치지 않길.

네 눈치도
좀 봐

"나 미술 그만하고 공무원 준비하려고."

"엥???"

몇 년 전, 현대 미술을 전공하던 친구와 술을 먹다가 의외의 말을 들었다. 매일 농담 따먹기나 했었던 친구가 이런 진지한 이야기를 하다니…. 당황한 나는 가라앉은 분위기를 어떻게든 가볍게 만들기 위해 "너 피카소잖아"라는 농담 섞인 말을 건넸지만 그녀는 씁쓸한 웃음을 지어 보였다.

"엄마가 미술 일은 돈도 많이 못 벌 거라고 해서…. 그만두고 공무원 시험 준비하려고."

그도 그럴 것이 그녀는 전공과를 졸업하고 한 번도 개인 전시회를 열지 못했고, 캔버스와 유화 값을 벌기 위해 편의점 알바를 하고 있었다. 부모님은 나이는 차고 돈은 안 되는 미

술을 왜 붙잡고 있냐며 매일 그녀에게 언성을 높였다고 했다. 친구는 부모님의 언성을 견디지 못한 것도 있고, 오랜 시간 쏟아 부은 노력에 비해 돌아오는 보상이 없어 지쳐버렸다.

"후회하지 않겠어?"

나 또한 오랜 지망생 시절을 지나왔기에 걱정스러운 마음으로 물었다.

"모르겠다…. 부모님 눈치 때문인지, 사회가 주는 눈치 때문인지…."

포기와 새로운 시작 사이에서 친구는 갈팡질팡하는 듯했다.

"그럼 너 눈치도 좀 봤어?"
"어? 내 눈치??"
"응. 네 눈치."

본인 눈치를 봤냐는 내 말에 친구는 당황하는 눈치였다. 그 표정에서 자기 눈치는 안 봤구나, 단번에 눈치 챌 수 있었다.

"야, 네 눈치도 좀 봐. 왜 남 눈치만 보고 살어. 너무 억울하지 않아?"

"부모님이 어떻게 남이야…"

"부모님 생각이랑 네 생각이랑 티끌 하나 안 틀리고 동일해? 그럼 남 아님. 인정."

유치함이 섞인 내 말에 친구는 아무 대꾸도 하지 않았다.

우리는 살다 보면 여러 사람의 눈치를 본다. 하지만 눈치의 대상은 항상 남이다. 사회 진출이 평균 나이보다 늦어지면 눈치를 보고, 결혼이 다른 사람들에 비해 늦으면 눈치를 보고, 심지어 하고 있는 일도 하찮은 일이라며 눈치를 본다. 친구처럼 뚜렷한 목표가 있는 사람들도 자기 눈치가 아닌 남 눈치를 본다. '뚜렷한 목표를 가지고 있는 나를 남들은 어떻게 생각할까? 허무맹랑한 꿈이라고 욕하지는 않을까?'라고 말이다. 이렇게 눈치를 보는 일이 빈번한 사회인데 너무 신기하게도 자신의 눈치는 전혀 보지 않는다. 정작 내가 생각하고 내가 원하는 것의 눈치는 보지 않는다. 남들이 정한 기준에 남 눈치만 보고 산다. 목표가 있든 없든 말이다.

"네가 생각한 너만의 기준이나 계획이 있을 거 아니야…. 나는 네가 너무 착하지 않았으면 좋겠어. 너 스스로의 눈치도 봤으면 좋겠다."

나도 그녀와 같은 처지였기에 그녀가 좀 더 본인의 눈치를 봤으면 했다. 옆에서 지켜봤을 때 정말 가능성이 있던 친구였으니까. 내 말을 쭉 듣던 친구는 옅은 미소를 띠며 말했다.

"그래. 내 눈치도 좀 보면서 살자."

다른 사람들과 눈치 게임하지 말고 각자 본인의 눈치를 보겠다고 다짐하며 우리는 술자리를 마무리했다.

그리고 최근.

남이 아닌 본인의 눈치를 보기로 했던 그녀는 개인전을 열었다. (이쯤에서 나의 선견지명을 칭찬하고 싶다.) 캔버스에 형

형색색 색감을 뽐내며 걸려 있던 그림들이 아직도 기억에 선명하다. "이건 무슨 뜻이야?" 물어 보던 나에게 친절하게 작품 설명도 해줬다. 그림마다 저마다의 이야기들이 구구절절 가득하게 들어 있었다.

"내 조언으로 낳은 그림이다! 작품 한 점 사줘야지! 얼마냐!"
"비싸서 못 살걸?"

나의 농담조에 농담으로 받아친 친구지만 작품의 가격만큼은 진짜 농담이 아니었다.
너 이 자식 성공했구나…. 친구가 이제는 어엿한 프로 작가로 등단했다는 사실에 괜스레 뭉클해지는 순간이었다.
남의 기준이 아닌 본인이 자신을 돌아보고 명확한 목표와 한계점을 설정해야 더 노력할 수 있고 더 앞으로 나아갈 수 있다.

남 눈치 아닌 내 눈치 보기.

많이 어렵지만 꼭 해야 하는 것.

나라는 사람
주식차트 만들기

최근 대한민국에 주식 붐이 불었다. 아니 어쩌면 전 세계 사람들에게 주식 붐이 일어난 것일지도. 내 주위 사람들도 하나같이 주식 차트를 열중해서 보고 있고 갑자기 안 읽었던 신문도 하나둘 읽기 시작했다. 그런 모습을 보고 "나도 주식이나 할까?"라고 말하자 오빠는 먹고 있던 사과를 툭 떨어트리며 흔들리는 동공으로 날 바라봤다.

　"네가 그런 말을 하는 거 보면 주식시장이 갈 때까지 갔구나…. 네가 주식 시작하면 난 바로 뺀다."
　"아 뭐래. 죽을래?"

　내 입에서 주식이라는 단어가 나오자 주식시장이 과잉됐다며 패닉이 된 채로 주식을 빼니 마니 하는 얄미운 오빠의 모습을 보니 화가 났다. 하지만 그것도 잠시, 단순하게 '주식이나 할까…'라는 생각이 나라는 사람의 주식이 있었으면 좋겠다는 생각으로 흘렀다.

그러다가 '진짜 그래프로 만들어볼까?'라는 생각이 들었고 마땅히 할 일도 없겠다, 종이와 펜을 꺼내들고 안가연 차트 그래프 동선을 짜보기 시작했다.

학창 시절 꿈을 접을 땐 그래프가 하락선.

극단에 합격했을 때 그래프가 약간의 상향선.

그러다 5년의 지망생 생활 때 상장폐지 직전의 위험한 상황.

그 뒤 코미디언이 됐을 때 눈에 띄게 상향선.

코너 없이 전두탈모가 왔을 때 크게 하락선.

웹툰 작가가 되었을 때 떡상!

썼던 에세이가 베스트셀러가 되었을 때 또 크게 상향선.

그리고 지금, 전 작품 휴지기로 조금조금씩 하향선을 그리고 있음.

인생에 크게 있었던 이벤트로 주식차트를 그리니 이런 그래프가 만들어졌다.

재미로 만든 주식차트

에세이
베스트셀러

웹툰작가
등단

코미디언
합격

극단합격

휴지기

학창시절
꿈포기

무명과 전두탈모

2차 꿈포기 상장폐지 직전

　재미로 시작했는데, 나름 진지해졌고 그래프로 만드니
까 지금 무엇을 해야 할지, 무엇을 개선해야 할지 확연히 알
수 있었다. 주식차트를 분석하는 사람들의 마음이 이런가 싶
을 정도로 좀 더 객관적으로 내 자신을 바라볼 수 있게 되었

달까.

스스로에 대한 긍정적인 평가에 인색한 나지만 이렇게 그래프를 만들고 보니 눈에 보이는 것들이 있었다. 이때는 왜 좀 더 즐기지 못했을까 하는 과거도 있고, 요즘의 일상이 하향선이었다는 사실도 알게됐다. 긴장감을 가지고 다시 또 움직여야겠다는 계획도 생겼다.

가끔 이런 쓸데없는 짓이 쓸모 있는 짓으로 변할 때 희열이 있다. 나라는 사람의 객관적 평가가 필요하면 한 번쯤은 해봐도 좋겠다. 내 자신이 무엇에 투자해야 할지. 향후 어떤 식으로 발전 가능성이 있을지 한눈에 파악할 수 있다.

본인에 대해 객관적인 평가를 하면

지금 해야 하는 일이 무엇인지 쉽게 알아볼 수 있다.

그 과정에서 잘했던 것은 잘했다 칭찬하고

못한 일은 못했다고 반성할 수 있는 자신이 되자.

완벽하지 않은
완벽주의자

어린 시절 게임을 좋아했다. 특히 문방구 앞에 설치된 자그마한 게임기 앞 목욕탕 의자에 쭈그려 앉아서 조이스틱을 눌러가며 당시 가장 핫하던 격투 게임 〈킹 오브 파이터〉를 하는 것이 어릴 적 내 인생 최고 행복한 순간이었다. 엄마가 두부 한 모를 사오라며 천 원을 주면 거스름돈이 500원이나 남았는데 그중 100원을 몰래 빼돌려서 문방구 앞 게임기에 투자하는 것이 나의 중요한 임무 중 하나였다. 지금 생각해도 그 시절 나는 격투 게임을 잘했다. 100원으로 끝판 왕까지 멋지게 무찌르고 멋있게 1등을 찍어서 AAA라는 알파벳을 새기는 게 나의 시그니처 세리모니였다. 그날도 어김없이 끝판 왕을 잡기 위해 내 캐릭터들이 고군분투하고 있었는데 내 플레이를 보고 삼삼오오 동네 꼬꼬마 친구들이 모여들기 시작했다.

　"애 잘한다!"

한 친구가 시작한 칭찬에 "어디? 진짜? 나도 볼래!" 등 기대에 찬 목소리가 들려왔다. 초롱초롱한 눈빛을 보내는 친구들 앞에서 나는 잘 해야 한다는 생각 때문인지 연타로 성공하던 콤보 기술들에 삑사리(?)를 냈다. 결국엔 'Game Over'라는 글자가 화면 가득히 찼다. 기대에 부푼 친구들이 실망한 눈초리로 "에이~ 뭐야 잘 못하네!"라며 상처뿐인 피드백을 건네며 뿔뿔이 흩어졌다. 참 신기했다. 원래는 잘하는데…. 잘한다는 멍석을 깔아주니 진짜 못했다.

이때의 기억이 머피의 법칙이 돼버린 건지 성인이 되고도 누군가가 칭찬을 하면 기량을 한껏 발휘하지 못하는 사람이 됐다.

사주를 봤을 때도 이런 비슷한 말을 들어서 깜짝 놀란 경우가 있었다. 사주를 봐주시는 선생님이 나를 두고 말하길 "멍석을 깔아주면 그 기대에 못 미치는 사람"이라 했다. 너무 놀라 동그랗게 눈을 뜨며 "맞아요!"라고 크게 외쳐버렸다.

'얘 잘해요!'라는 소리를 들으면 나는 진짜 못했다. (진짜다. 진짜 못했다.)

한번은 코미디언 선배님이 회의에 나를 데려가 소개하며

"아이디어가 참 좋고 센스가 있는 친구야. 같이 회의하자!"라고 추천해 주셔서 다른 선배들과 함께 회의를 한 적이 있었다. 하지만 그날 나는 한마디도 하지 못했다.

회의 이야기는 듣지도 않고 선배기 했던 칭찬만 떠올리며 '선배님 기대에 부흥해야 해!'라는 생각뿐이었고 혼자 머릿속에서 아이디어를 검열해 버렸다.

칭찬을 받으면 고래도 춤추게 한다고 했는데, 나는 잘한다는 칭찬을 들으니까 오히려 뻣뻣한 고래가 되어 있었다. (일단 칭찬이 좋긴 좋아서 고래가 되긴 되더라.)

이렇게 긴장하고 잘 해야 한다는 부담감에 결국 일의 능률도 떨어졌고 끝에는 일을 쉬는 상황까지 갔다. 누구를 원망할 수도 없었다. 내가 못했기 때문에. 내가 잘했으면 세상을 원망하기라도 할 텐데. 부담감의 늪에 빠져 허우적거리는 내 잘못이 컸으니까.

본인의 일에 어느 정도 부담감을 가져야겠지만 그 적당한 지점을 찾지 못했다. 생각이 너무 많아진 탓도 있었다. 한번 발을 내딛을 때 생각이 너무 많았다. 망하면 어쩌지? 아무도 내 말에 공감하지 않으면 어쩌지?

나는 완벽하지 않은 완벽주의자였다.

부담감을 분산시킬 사건이 필요했다. 돌이켜 생각해보면 그게 바로 부캐였던 것 같다. 부담 갖지 않는 선에서 내가 좋아하는 것을 하는 것. 그리고 잠시 자신감 잃은 내 본업은 먼 발치에서 바라보고 문제점이 무엇인지 돌이켜보는 것.

'코미디언'이라는 본캐 암흑기에 '웹툰 작가'라는 부캐를 얻었다. 부캐 덕분에 잔뜩 힘이 들어갔었던 모든 일에 힘을 뺄 수 있었다. 본캐에도 부캐에도 말이다.

큰 부담감이 사라지니 만화를 더 잘 그릴 수 있었고 그로 인해 자존감도 많이 올랐다. 부캐에 무게중심이 더 많이 실리니 부캐가 본캐가 아닐까 생각할 정도로 부캐가 본캐보다 성장했다.

이 시기에는 나를 코미디언으로 기억하시는 분들보다 웹툰 작가로 기억하시는 분들이 많을 정도였다. 힘을 빼고 웹툰을 그리니 난생 처음 검색어 1위도 해보았다. 잔뜩 긴장하고 기대하면서 그렸으면 절대로 해볼 수 없었던 경험 중 하나라고 생각한다.

잘하기보다 즐겁게 해야 한다는 걸 N잡러가 되고 나서 깨달았다.

책임감은 부담감을 털어버린 뒤에 따라도 된다는 것도 알게 됐다. 무언가 시작도 하기 전에 책임감이라는 벽을 세우니까 앞으로 나아가질 못했었다.

부캐의 성장으로 본캐도 부담을 내려놓을 수 있어서 서로 윈윈할 수 있었다. 잘하고 싶은, 하지만 잘하지 못하는 이 세상의 완벽하지 않은 완벽주의자에게 힘을 빼고 시작하라고 이야기하고 싶다.

힘을 뺀다는 것이 나쁜 말이 아니다. 긴장을 느슨하게 풀고 평소처럼 하라는 뜻이다. 평소보다 더 잘해야 한다라는 욕심을 버리라는 소리다.

'될 때까지 하기'가 아니라 '힘 빼기'로 칭찬에 대한 부담감을 해소했다. 머피의 법칙을 해결한 내 나름의 지혜였다.

이제는 본캐가 되어버린 나의 직업들에

또다시 큰 긴장감이 생기면

언제든지 부캐를 만들 각오가 되어 있다.

이제는 부캐로 힘 빼기라는 엄청난 기술을 알았으니까.

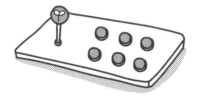

Part. 2

지금,
꿈 위를
걷는 것만으로도

나비효과

세상에 의미 없는 행동은 없다. 모든 행동 하나하나가 다 의미 있는 행동이고 나중을 위한 복선이라고 믿는다.

스무 살 때 6개월간 리얼 백수로 지냈다. 뭣도 없는 아무 짓도 안 하던 나. 근심 걱정은 많았지만 어린 나이에 '될 대로 되라지~' 하는 마음으로 막 살았던 시절이다. 그 시절 나의 하루 루틴은 이랬다.

[아침 10시] 기상하자마자 영화 보기 → [낮 12시] 엄마한테 잔소리 들으면서 밥 먹기 → [낮 1시] 다시 영화 보기 → [낮 5시] 드라마로 변경 → [밤 6시] 아빠한테 잔소리 들으면서 밥 먹기→ [밤 7시] 커뮤니티 사이트 보기 → [밤 10시] 게임하기 → [새벽 4시] 취침

거짓말 안 하고 6개월 간의 나의 백수 루틴이다. 좋아하는 영화와 드라마를 보느라 밖에도 잘 안 나갔다. 반년 동안 이렇게 지내는 나를 보며 부모님은 걱정의 한숨을 쉬었다.

'잉여인간'

쓸모없는 인간. 그 당시 나 같은 사람을 지칭하는 별명이었다. 나 또한 내 생활이 망가지고 있다고 생각했지만 그만둘 수는 없었다. 원 없이 좋아하는 영상들을 성에 찰 만큼 보고 싶었다. 그렇게 반년 동안의 백수 생활은 만족스러운 채로, 후회도 없지만 큰 의미도 없이 끝났다. 하지만 이 반년의 시간이 내가 갖게 될 직업의 복선이 될 줄은 몰랐다.

시간이 흘러 창작하는 직업을 가졌을 때 내가 한심하게 봤었던 영화나 드라마가 교과서처럼 참고 자료 역할을 해주었다. 함께 일하는 사람들이 나에게 가지고 있는 지식이 많다며 (나 고졸인데…) '정보통'이라는 별명을 지어줄 정도였다.

백수 생활 때 봐왔던 영상으로 이런 별명을 얻었다는 게 믿어지지 않는다. 나에게 6개월의 백수 기간이 없었다면 내가 과연 이런 별명을 얻을 수 있었을까? 스토리를 구상하는 능력을 키울 수 있었을까?

하찮다고 생각하는 일도 어느 순간 하찮아지지 않는 순간이 찾아온다. 그 시기가 2년 뒤 혹은 10년 뒤일지는 장담할 수 없지만 정말로 나비효과처럼 그 순간이 찾아온다.

최근 친구와 함께 넷플릭스에 대해 이야기했다. 넷플릭스 영화 줄거리만 주구장창 한두 시간 보다가 결국 잘 시간이 되어서 잠든다고. 너무 공감이 가서 박수를 치면서 "맞아 맞아" 했던 기억이 난다.

"이렇게 쓸데없는 짓이 어디 있니? 시간 아까워 죽겠어."

"시간이 왜 아까워?"

"영화 하나 제대로 못 보고 잔 거 아니야. 당연히 시간 아깝지."

"그걸 왜 영화 하나 제대로 못 봤다고 생각해? 한 편만 볼 수 있는 거 여러 영화 시나리오 보고 결말 유추해서 나랑 취향 안 맞겠다 한 거잖아? 따지고 보면 심사위원처럼 영화 여러 편의 시나리오를 읽은 거고, 그리고 스토리에 대해 다시 한번 생각할 수 있잖아? 이런식으로 스토리 짜야지 하면서."

친구가 내가 하는 애기에 입을 다물지 못하며 말했다.

"와… 너… 터무니없이 긍정적이다…."
"시간 버렸다라고 생각하는 거보다 이게 더 나한테 유익하지 않겠냐."

듣고 보니 그렇다며 친구가 끄덕 거렸다.
이 세상에 사소한 행동들도 언젠간 나에게 의미 있는 결과로 돌아온다고 굳게 믿는다. 혹시라도 아무것도 하고 있지 않다고 생각하는 사람들에게 꼭 해주고 싶은 말이다.

게임이 학생에게 유해한 것이라고 생각했던 시절은 가고 프로게이머라는 억대 연봉을 받는 직업이 탄생했다. 불과 10년 전만 해도 괄시받고 무시받던 게임 문화는 최근 눈부시게 성장했다.
크리에이터라는 직업도 그렇다. 인터넷 방송하는 사람은 질이 나빠 보인다, 할 일 없어 보인다고 무시당했었는데, 이제는 크리에이터가 꿈꾸는 직업 1위다.
만화가를 하면 굶어 죽는다고 입에 침이 마르도록 말했던 엄마도 웹툰을 알게 되신 후로는 만화가만큼 좋은 직업은 없다며 말씀을 정정하셨다. 어른들이 생각했던 가난한 만화가라는 직업이 요즘에 와서는 꿈의 직업이 된 것이다.

이런 급변하는 사회에 쓸모없는 행동이라는 것은 없다. '쓸모없는 짓 하지 마! 시간 낭비야!' 하고 정하는 것도 의미 없는 짓이라는 걸 요즘 사회를 보며 느낀다.

그래서 나는 요즘 '쓸모없다'는 이야기는 하지 않는다. 어떤 행동이 피가 되고 살이 되는 지는 본인이 어떻게 생각하느냐에 따라 달라지기 때문이다.

만약 타인의 시선 때문에 내가 하고 싶은 일을 원치 않게 중단한다면 또 결과가 어떻게 될지 모른다. 이왕 알 수 없는 미래라면 남들이 유해하다고 말할지 몰라도 어떻게 될지 모르는, 그 쓸데없는 일을 만족할 때까지 파보는 것은 어떨까?

내가 좋아해서 '소소하게 하고 있는 짓'이라고 생각하는 것들이 예기치 못하게 직업으로 바뀌는 세상이 왔다.

캠핑을 좋아하는 사람이 캠핑 유튜버를 하고, 영화를 좋아하는 사람이 영화 소개를 하고, 하다못해 웃긴 짤 보는 것을 좋아해서 웃긴 짤을 모아둔 페이지를 개설하기도 한다. 편리하고 쉬워진 만큼 직업에 대한 접근성도 굉장히 쉬워졌다.

핸드폰으로 카메라와 mp3기능, 영상통화가 가능해질 거라는 미래 예측 글에 코웃음을 쳤던 시대가 지나고 진짜로 그런 시대가 왔다. 사람 일도 모르고 세상일도 모른다.

그러니 지금 내가 하는 일에 의심을 갖지 말고
시간 낭비 아닐까 하고 양심에 찔려하지도 말고
하고 싶은 일을 하자.
당신의 아주 작은 날개가 어느 순간 뒤돌아보면
반드시 큰 날개로 변해 있을테니까.

꿈 많은
소녀가 되자

N잡러(여러 직업을 가진 사람을 지칭하는 단어)로 살아가는 나는 최근 친구들로부터 이런 고민거리를 많이 듣는다.

    "넌 꿈을 이뤄서 좋겠다. 나는 꿈을 이루지도 못했고 요즘엔 사는 게 바빠서 꿈도 없다."

    그때마다 난 이렇게 이야기한다.

    "나도 못 이룬 꿈 스무 가지는 되는데…? 따지고 보면 그중에 두 개밖에 못 이룬 거야."
    "뭐? 그렇게 꿈이 많았다고?"

    그렇다. 소설책이나 만화책에서 '꿈 많은 소녀'라는 문구를 많이 쓰는데 그게 그렇게나 공감 가는 문구가 아닐 수 없었다. 어린 시절의 나는 소심해서 수업시간 발표를 소스라치

게 싫어했지만(출석 번호가 15번이라서 15일이 너무 싫을 정도로) 장래 희망 발표 시간에는 조금 달랐다. 선생님이 칠판에 크게 '나의 장래 희망'이라는 글자를 써 내려가면 그 글자가 다 써지기도 전에 반짝이는 눈으로 나의 꿈에 대해 이야기하고 싶어 먼저 번쩍 손을 들었던 기억이 난다. 선생님이 웃으시며 "그래 너는 뭐가 되고 싶어?"라고 말하면 나는 해맑은 표정으로 나의 꿈에 대해 이야기했다.

"사육사가 되고 싶어요!"

초등학교 4학년, 나는 사육사가 되고 싶었다. 이유는 단순했다. TV에서 방영하는 〈동물농장〉을 너무 좋아했던 탓. 그 이상 그 이하도 아니었다. 그렇게 꿈 발표를 하고 난 이후에 계속 사육사의 꿈을 꾸었냐고?

"탐정이 되고 싶어요!"

그다음 해 장래 희망 발표 시간 때 다시 반짝이는 눈으로 당당하게 손을 들고 외쳤다. 또 이유는 단순했다. 그 당시 나는 만화책 《소년탐정 김전일》에 푹 빠져 있었다. 만화 주인공처럼 멋지게 추리를 하고 싶었다.

이렇게 나는 좋아하는 것이 생기면 수시로 꿈이 바뀌었다. 그리고 어쭙잖게라도 좋아하는 것을 따라하곤 했었다. 누군가에게는 바보 같아 보일 수 있었겠지만 나에게는 소중한 경험이자 행복한 추억이 되었다.

사육사가 되고 싶었던 그해 겨울, 나는 길에서 다리를 다친 새끼 강아지를 발견했다. '아이고 불쌍하다' 하고 지나칠 수도 있었지만 〈동물농장〉을 좋아했던 나는 지나칠 수 없었다.

집에 데려가 키우고 싶었지만 부모님의 반대가 너무 심해 그럴 수도 없었다. 어쩔 수 없이 골목길 작은 구석에 박스와 안 입는 옷들로 보금자리를 만들어주고 며칠간 먹이를 줘가며 열심히 돌봐주었다.

'골목길에 다리가 아픈 강아지가 있더라'라는 소문은 작은 동네에서 의외로 금방 퍼져 나갔고 그 소문이 동네 동물병원 수의사 선생님 귀에도 들어갔다.

고맙게도 선생님은 무료로 강아지를 진단해 주셨고 결국 강아지를 키우겠다는 입양자가 나타나 해피엔딩으로 마무리 됐던 소중했던 경험이다.

탐정이 되고 싶었던 해, 나는 만화 주인공처럼 똑같이 추리하겠다며 탐정놀이를 좋아했다. 그 탐정놀이라는 게 뭐냐면 단서들을 찾겠다며 길에 버려져 있는 물건을 탐색하는 거다.

그 날도 탐정놀이를 한다며 길에 버려져 있는 물건을 샅샅이 뒤지다가 쓰레기 더미에서 깨끗한 어린이 파일 가방 하나를 발견했다.

파일 가방을 열어보니 만 원짜리가 뭉텅이로 들어 있었다. 사람 심장이 그렇게나 빨리 뛸 수 있는지 처음 알았다.

파일 가방을 잘 살펴보니 가방 앞 쪽에 우리 반 친구의 이름과 똑같은 이름이 쓰여 있었다. 친구의 연락처는 알 수 없어 떨리는 심장을 움켜쥐고 곧장 경찰서로 달려가 돈을 주웠다고, 반 친구의 것 같다며 신고했다. 우연의 일치로 그 파일이 반 친구의 파일이 맞아 친구 부모님에게 고맙다는 인사를 들을 수 있었다.

그해 나는 얼토당토않은 탐정놀이 덕분에 표창장을 받았다.

비록 사육사와 탐정은 되지 못했지만 그때 그 일들을 잊지 못한다.

좋아한다는 이유만으로 어쭙잖게라도 따라 해서 잊을 수 없는 소중한 추억들을 갖게 되었으니까.

무언가가 되고 싶고, 무언가를 하고 싶은 욕구는 일상생활에 활력을 돋게 한다. 좋아하는 것을 흉내 내고 따라하는 것으로 나도 모르게 재미를 느낄 수 있고 만족감을 느낄 수 있다. 비록 꿈을 실현하지 못한다 해도 때로는 예상치 못한 일이 우리에게 새로운 경험을 안겨준다.

"그러니까 네가 좋아하는 게 뭔지 파악해 보고 그걸로 직업을 가졌다고 상상해 봐. 꿈을 이뤄도 이루지 못해도 무언가를 시도하려는 너의 모습도 보일 테고. 너무 행복한 상상 아니겠어?"

내 이야기를 천천히 듣더니 친구는 축 처진 어깨로 말했다.

"아니…. 난 너 같지 않다고…. 난 꿈이 없다니까…. 내가 뭐가 되고 싶은지도 모르겠다."

친구는 그렇게 이야기 하고 창문 밖을 바라보았다. 친구의 시선은 늦은 저녁 분주하게 움직이고 있는 사람들 모습에 고정되어 있었다. 잠시 생각에 빠진 듯하더니 이내 고개를 저으며 애꿎은 맥주만 벌컥벌컥 들이켠다. 친구를 보며 내 마음도 복잡해진다.

"난 잘하는 게 없어…."
"누가 잘하는 거 생각해 보래? 좋아하는 거 생각하라는 거지!

저기… 꿈이라는 게 거창한 얘기를 하는 게 아니야. 직업이 꿈이라고 생각하지 말고. 네가 평소에 좋아하는 걸 극대화시켜 보라는 거야.

영화 보기를 좋아하고 영화에 대해 이야기하기를 좋아하는 사람은 영화 평론가가 되는 상상을 할 수 있고, 집에서 게임 하기를 좋아하는 사람은 게임 스트리머가 되는 상상을 할 수도 있는 것처럼. 좋아하는 것들이기 때문에 상상도 쉽게 할 수 있고 '해볼까?' 하는 마음에 실행도 쉽게 할 수 있어. 그러니까 꿈이라는 걸 너무 어렵게 생각하지 마. 상상하는 게 행복해야지 고통스러우면 그게 가지고 싶은 꿈이라고 할 수 있겠어?"

"그래 그건 맞는 말이네. 사는 게 너무 각박해서, 어느 순간 상상도 사치라고 생각하고 있었어."

친구가 쓴 웃음을 지으며 어색한 손으로 맥주잔만 만지고 있었다.

"사치는 무슨! 상상은 자유고 비용도 공짜다! 꿈 많은 소녀가 되자!"

"그래 꿈 많은 소녀. 너처럼 한 스무 개 만들면 나도 두 개 정돈 이룰 수 있겠지?"

"야 놀리냐."

어느덧 상상하는 것조차 사치가 아닐까 하는 조심스러운 어른이 되어버린 친구에게 술잔을 기울이며 심심한 위로의 말을 전했다.

행복한 상상을 하길.

꿈 많은 소녀의 상상이 언젠가 현실이 되길.

후회가
남지 않게끔

스무 살 초반의 어느 날 오후, 오랜만에 미세먼지가 끼지 않은 하늘의 햇볕은 따사로웠고 나는 그 당시 사귀던 남자친구를 앞에 두고 카페 테라스에서 울고 있었다. 주변 사람들의 따가운 시선은 아랑곳하지 않고 뚝뚝 흐르던 눈물은 뺨을 타고 흘러내려가 커피 잔에 후드득 떨어지고 있었다. 뜨거웠던 아메리카노가 식은 게 시간 때문인지, 아니면 내 눈물 때문인지 알 수 없었다. 차가운 시선으로 나를 보던 남자친구는 한숨을 푹 쉬었다. 아주 오래된 기억이지만 아직까지도 그때의 온도, 감정, 시선, 장소는 기억 한 켠에 선명하게 자리 잡고 있다.

　그날 나는 극단 생활이 더 이상은 힘들다며 남자친구에게 호소하고 있었다. 하지만 나를 대하는 남자친구의 반응은 싸늘했다.

"나 너 얘기 들어주려고 오늘 보자고 한 거 아니야. 헤어지고 싶어서 보자고 한 거야."

그의 이야기에 나는 아무런 대답도 하지 못하고 애꿏은 커피 잔만 쳐다보고 있었다.

"아니 왜 하필 이 타이밍에…."
"우리 헤어지자."

그의 말이 떨어지기 무섭게 나는 소리 내어 엉엉 울기 시작했다. 너무 갑작스러운 이별 통보에 당황스러워 무작정 헤어지자는 그를 왜 그러냐며 붙잡았다. 카페를 박차고 나가는 그에게 전화를 걸었지만 그는 내 전화를 받지 않았다.

어떻게 이렇게 갑자기 헤어지자고 그래.

떨리는 손으로 문자를 써서 전송하자 나름 장문의 문자로 그에게 답장이 돌아왔다.

헤어지자는 말 진심이야. 내 마음은 바뀌지 않을 거야.

많이 좋아해 줘서 고마워.

나 좋아했던 것만큼 극단 생활에도 열심히 임해봐.

20대 초반 나의 연애가 이렇게 끝나나 싶었다. 심장이 바늘에 찔리듯 계속해서 쿡쿡 쑤셨다. 아무리 붙잡으려고 해도 잡히지 않는 그를 보며 결국 나는 그와의 이별을 인정했다. 그날 침대에 누워서 새하얀 천장을 바라보며 여러 가지 생각을 했다. 후회는 없었다.

후회 없이 연애했던 그 순간엔 서로 많이 사랑했었기에 마음도 홀가분했다. 오히려 자려고 누우니 그에 대한 생각보단 극단에서의 힘들었던 일들이 생각나 쉽게 잠에 들지 못했다. 그렇게 생각하다 문득 그가 보낸 답장의 마지막 문구가 기억났다.

"자기를 좋아했던 것만큼 극단 생활에도 열심히 임해보라고?"

픽 웃음이 났다. 마지막엔 그래도 좋은 놈이 되려고 보낸 문구가 틀림없었기 때문이다. 극단 생활이 힘들다고 고민을 얘기했을 때 헤어지자고 말했던 게 마음에 찔렸나 보다.

하긴. 그 남자친구를 많이 좋아하긴 했었다. 연애를 할 때 나는 후회 없이 사랑하는 편이니까.

각자의 연애 가치관이 있을 것이다. 누군가는 사랑을 받는 연애를 하고 싶어하고, 또 누군가는 서로가 행복한 연애를 추구한다. 나의 연애 가치관은 '후회 없는 연애를 하자'였다.

좋아하는 사람이 생기면 자존심 따위 없이 먼저 좋아한다고 이야기했다. 한번은 내가 좋아하는 사람에게 고백했다가 친구로부터 구구절절한 잔소리를 들은 적도 있다.

"넌 자존심도 없니? 남자가 먼저 고백하게끔 유도라도 해보지!"

맞다. 자존심 없다. 좋아하는 사람이 생기고 이 좋아하는 감정을 이야기하지 않으면 후회할 것 같아 바로 고백하는 게 내 연애 모토였다.

연애를 할 때도 사랑을 얼마만큼 받고 얼마만큼 줄지 재는 것이 없이 내가 좋아하는 만큼 후회 없이 상대방에게 애정을 표현했다.

"남자친구보다 네가 더 좋아하는 거 같다"라는 농담 반 진담 반 이야기를 들었을 때도 상관없었다. 서로 좋아해서 사랑해서 사귀는데 각자의 사랑의 크기를 비교하는 것은 의미 없는 짓이라고 생각했다.

이별의 순간에도 이 후회 없이 사랑하자는 연애 모토는 적용됐다. 이별 준비가 안 됐을 때 헤어짐을 통보 받는 순간에 정말 처절하게 연인을 붙잡기도 했다.

마음의 준비가 안 됐는데 자존심 때문에 '그래'라고 이야기하기 싫었다. 남들이 들으면 '아이고…. 자존심도 없나?'라고 생각할지 모르고 '그런 식으로 연애하지 말았으면…'이라고 생각할 수도 있다. 하지만 나는 후회 없이 연애를 하자는 이런 나의 방식이 좋았다. 미련이 남지 않았기 때문이다. 이렇게 최선을 다해 연애에 종지부를 찍으면 소위 말하는 후폭풍이 없었다. 술을 먹고 전 남자친구에게 연락해 아침에 이불킥하는 진풍경이 벌어지는 경우도 전혀 없었다. 후회 없이 그 순간 연애에 최선을 다했기 때문에 '그때 그렇게 말하지 말걸…', '그때 내가 그러면 안됐었어…', '그때가 좋았지…'라는 미련이 남지 않았다.

이런 이야기를 헤어진 그에게도 한 적이 있었는데, 이 이야기를 듣고 그런 말을 한 건가?

연애 앞에선 한없이 관대해지는 마음이 일을 할 땐 약간 쪼잔해졌다. '이 정도 일했으면 어느 정도의 성과가 보여야 해!'라는 보상심리가 작동했다. 알량한 자존심도 한몫했다. 소극장에서 대본 리딩을 할 때 그놈의 경력이 뭐라고 '나는 어느 정도 경력이 있으니까 설렁설렁 연습해도 돼. 그래도 현장에선 잘할 수 있어. 난 경력자니까'라고 말도 안 되는 자존심을 부리기도 했다. 그가 했던 마지막 조언이 이제 약간 이해되는 것도 같았다. 순간순간을 후회 없이 행동했다면, 연애하듯 후회 없이 일을 한다면 그런 고민도 어느 정도 덜 수 있다는 건가…?

헤어짐을 통보받은 그날 밤 나는 여러 가지 생각에 휩싸인 동시에 깨달음을 얻은 기분이었다. 마음이 홀가분해졌다.

그래, 나중에 후회가 8할인 추억을 갖긴 싫어. 일도 사랑도 후회 없이 하자!

내가 하고자 하는 모든 일에 후회 없이 임하자.

찝찝한 마음에 밤잠 설치는 일이 없도록 말이다.

휴식으로
얻은 것들

평소와 다를 것 없던 만화를 그리고 아이디어 회의를 하던 나의 일상 속에서 문득 든 생각이 하나 있었다.

　'여행 가고 싶다.'

　갑자기 떠오른 생각에 나는 무언가에 홀린 듯 모든 일을 제쳐두고 가까운 바닷가로 향했다. 그때 당시에는 왜 그런 생각이 들었는지 잘 몰랐다. 그냥 '바다가 보고 싶었나 보다'라고만 생각했다.

　그렇게 무작정 지하철을 타고 가까운 바닷가에 도착한 나는 바다가 보이는 카페에 들어가 커피를 하나 시키고 앉았다. 바다를 보며 과거에 대한 반성도 앞으로의 계획도 아닌 부서지는 파도와 지평선 끝까지 새파란 바다만 멍하니 바라보았다. 그때 나의 머릿속에 들었던 생각은 하나뿐이었다.

'휴식'

왜 쉬고 싶었을까?

프리랜서이다 보니 시간에 구애받지 않고 나에게 할당된
일만 날짜에 맞게 보내면 됐다. 때문에 나름대로 일과 휴식
두 마리 토끼를 모두 잡으면서 지내왔다고 생각했다. 그러나
멍하니 바다를 보다 보니 내가 가졌던 휴식은 휴식이 아니었
다는 생각이 들었다.

내 딴에는 휴식이라 생각했던 그 시간에 '앞으로 일이 끊
기면 어떡하지?'라며 불안해하거나 과거에 내가 했던 나태함
과 게으른 행동들을 후회하고 자책하며 보냈었다. 생각이라
는 톱니바퀴 속에서 계속해서 째깍째깍 움직였다. 난 왜 그런
불안한 시간들을 휴식이라고 지칭하며 보냈던 걸까?

코미디언이 되고 또 웹툰 작가가 되어 두 가지 일을 병행
하다 보니 N잡러라는 타이틀이 생겼고 많은 곳에서 강의 혹
은 그림을 그려달라는 제안이 계속해서 들어왔다.

지금밖에 없는 기회라는 걸 잘 알았기에, 스스로 채찍질을

해가며 조금 더 많이 일하기 위해 애써왔다. 주변 사람들 또한 그 당시 나에게 많은 조언을 해주었다.

"지금 너에게 주어진 기회를 놓치지 마."
"할 수 있을 때 더 많은 일들을 해."

많은 조언들이 나에게 와 닿았고 더욱 열심히 일했다. 그러던 어느 순간 해오던 일들이 모두 멈춰버렸다. 잘 그리던 그림이 그려지지 않고 아이디어도 생각이 나지 않았다. 무엇이 문제일까 생각하다가 나에게서 문제점을 찾았다.

"이거 하나 못해? 과대 평가 받고 있었네."
"진짜 아무것도 아닌 애구나 너는."

그때 스스로에게 했던 말들이다. 나는 스스로를 자책했고 원망했다. 지금 나에게 주어진 기회를 놓치고 싶지 않았고 그 생각이 머릿속을 가득 채우다 보니 쉽게 하던 일조차 되지 않았다. 그렇게 자책하고 있는 나에게 오빠는 한숨을 쉬며 이렇게 말했다.

"일도 좋지만 휴식도 중요해."

"오빠는 프리랜서가 아니라서 뭘 몰라."

오빠가 프리랜서의 고충에 대해 뭘 아냐며 오빠의 충고를 한 귀로 듣고 한 귀로 흘렸다. 코미디언이 되고 나서도 수입이 일정치 않았고 안정적인 직업도 아니다 보니 항상 불안함에 떨었다.

게다가 수입이 아예 없었던 지망생 시절의 트라우마에 사로 잡혀 버린 나는 그 당시 주위에서 하는 조언들을 쓸모없는 걱정이라고 여겼다. 우연찮게 N잡러가 되고 드디어 사정이 나아지기 시작했는데 지금부터라도 자신을 채찍질하며 조금 더 앞으로 나아가지 못할 망정 휴식이라니….

그 뒤로도 나는 스스로를 원망해 가면서 꾸역꾸역 지냈고, 모든 일들이 뜻대로 되지 않고 엉망으로 진행될 때 쯤 여행 가고싶다는 생각이 문득 들었다.

바닷가를 갔다 온 뒤부터 나의 생활은 180도 달라졌다. 평소처럼 계획을 잡고 일과 휴식을 병행하는 것은 똑같았지만 휴식의 방식을 바꾸었다.

휴식할 땐 정말로 아무 생각하지 않고 지금까지 못 봤던 영화나 드라마를 시청하고, 가고 싶던 맛집을 찾아다니고, 정말 멍하니 아무 생각 않고 누워 있었다. 과거와 미래를 걱정하는 휴식이 아닌 정말 오롯이 나 자신만을 위한 휴식 시간을 보냈다.

그렇다고 해서 일의 능률이 떨어지거나 나의 미래가 불투명해지진 않았다. 오히려 제대로 휴식을 보내고 일을 하니 그림이 더 잘 그려지고 아이디어들이 막힘없이 나왔다. 휴식의 방식만을 바꾸었을 뿐인데 많은 것이 달라졌다.

판단을 해야 하는 상황에서도 일에 쫓겨 다급해진 마음으로 판단하려 하지 않았다. 여유를 가지고 제3자의 입장에서 바라보는 듯 냉정하게 판단하려 노력했다.

휴식은 나에게 주는 조그마한 보상이라고 생각하니 일을 할 때도 '이건 도대체 언제 끝나지?'가 아닌 '이번 일 끝내고는 캠핑을 가봐야지'라는 긍정적인 생각이 들었다.

TV나 각종 매체에서는 현재 내가 달려야 하는 이유만 알려주지 제대로 된 휴식이 무엇인지에 대해서는 말하지 않는다. 휴식이라는 단어가 도태와 게으름으로 비춰져서 그런 걸까?

나는 오히려 반대라고 생각한다. 휴식이라는 단어가 주는 느낌은 발전과 에너지다. 휴식을 가짐으로써 앞으로 일들을 쉽게 풀어나갈 수 있으며 앞으로 달려가기 위한 에너지를 비축하기 때문이다. 일을 쉬지 않고 스스로에게 채찍질하며 사는 사람들을 만나면 나는 요즘 이런 말을 해준다.

"좀 쉬었다 가는 것도 나쁘지 않을 것 같아."

지금 당장 쉴 수는 없더라도

채찍질만 하며 달리다 지쳐 멈췄을 때

쉬어도 괜찮다는 응원이 떠올라

휴식을 취할 수 있도록.

같은 꿈을
걷는 것만으로도

웹툰 작가가 되고 처음으로 웹툰 작가 친구를 사귀었다. 우연한 계기로 한 작가 모임 자리에 참석했는데 그곳에서 쾌활한 성격의 그녀를 만나 금방 친해질 수 있었다.

열정이 가득했던 그녀는 전문적으로 웹툰을 배우지 않았던 나에게 든든한 서포터가 되어주었다. 모르는 것이 있으면 친절하게 설명해 주었고 자신의 그림 작업 방식을 숨김없이 이야기해 주며 적극적으로 도움을 주었다. 항상 고맙고도 미안한 마음이 가슴 한 편에 자리 잡아서 시간을 뺏는 거 같아 미안하다고 했더니 친구는 웃으며 괜찮다고 말했다.

"일하는 거 같은 기분이 들까 봐서 그렇지 미안해."
"그럼 일하는 기분 안 들게 템플스테이나 가볼까?"

오랜만에 일은 다 제쳐두고 떠나자는 생각에 흔쾌히 오케이했다. 우리는 템플스테이 전 날까지, 가서는 일 얘기하지 말고 마음을 정화하자며 새끼손가락까지 걸고 다짐하며 사찰로 떠났다. 힐링과 느긋함을 생각했던 템플스테이의 일정은 우리가 생각한 것보다 의외로 빡빡했다.

사찰을 돌며 역사에 대해 이야기를 듣는 일정부터 스님의 강의, 타종 소리 듣기, 다도하기 등 1박 2일 치고 빡빡했던 일정이었다. 처음엔 당황했지만 사찰 안에서의 숲의 공기와 잔잔한 바람들이 우리의 마음을 달래주고 있었다. 사찰에 있는 풍경 종 소리에 귀 기울이기도 하고 스님의 강의를 들으며 처음 듣는 이야기들에 색다른 경험을 했다. 타종 행사 때는 웅장한 북소리를 들으며 심신을 달랬다. 이런저런 체험을 하던 우리는 잠깐 있는 쉬는 시간에 재밌는 경험이라며 참석했었던 일정에 대해 웃으며 이야기했다. 그러던 도중 그녀가 말했다.

"휴식하러 왔다가 영감을 많이 받고 가는 거 같아."

"너도 그런 생각했어? 나돈데! 뭔가 새로운 작품 스토리가 나올 거 같은 기분이야."

"그치? 나도 아까 강연 들으면서 그런 생각했는데"

운을 뗀 우리는 신나게 이런 작품을 쓰면 어떨까? 저런 작품을 쓰면 어떨까? 하는 이야기를 나눴다. 그러다 아차 싶어 내가 말했다.

"아니 우리 여기선 일 얘기 안 하기로 했잖아?"
"아 맞네!! 아휴 우리 둘 다 직업병이 있나?"

웃으면서 친구와 이야기했다. 결국 템플스테이의 밤은 열정에 불타 서로 만화 스토리를 짜느라 정신없이 흘렀다. 그렇게 템플스테이가 끝나고 우리는 서로 일 얘기하기 없기를 다짐하며 다음 일정을 잡았다.

다음으로 그 친구와 갔던 곳은 글램핑장이었다. 이때는 정말 일 얘기는 절대 하지 않기로 약속하며 술까지 잔뜩 사갔던 날이었다. 겨울날의 글램핑은 꿀 같았다. 차가운 공기에서 뜨거운 장작 위에 구워 먹는 바베큐도 꿀맛이었고 모닥불을 피워두고 멍하니 올려다보는 밤하늘도 환상적이었다. 공기가 좋은 곳으로 오자 밤하늘에는 보이지 않던 별들이 하늘 곳곳 여러 군데에서 반짝이고 있었다. 맥주로 취기가 오른 나는 그녀에게 고맙다며 이야기를 꺼냈다.

"고마워. 너 덕분에 정말 많이 배우고 많은 걸 느껴. 요즘 뭔가 전체적으로 예전보다 열정이 식었는데 너랑 이야기하다 보니 또 열정에 불타오르게 됐네. 진짜 고마워."

"고맙긴. 나도 덕분에 요즘 들어 일에 대해서 이야기할 때 의무적으로가 아닌 재밌게 대화한 거 같아."

친구도 같은 생각을 하고 있었다니 괜히 마음이 몽글해졌다. 그렇게 피어난 대화 주제는 자연스럽게 어떻게 만화를 좋아하게 되었는지, 그리고 웹툰 작가가 되기 위해 어떤 노력을 했었는지로 변해갔다. 친구의 이야기를 들으며 자극을 받아 지금 당장 그림 그리고 싶다는 생각까지 들었다. 모닥불이 불타고 있는지 열정이 불타고 있는지 모르는 대화의 장이었다. 그러다 문득 친구가 말했다.

"맞다! 우리 일 얘기 안 하기로 했잖아!"

"아 맞다…."

"근데 상관없지 않나? 지금 이 얘기들이 재밌잖아."

"그치 상관없지. 지금 재밌으니까."

아무리 좋아하는 일이라도 같은 일을 반복하면 그 일에 무뎌진다고 했던가. '이 일을 하면 행복했지'라는 생각을 가끔가다 망각한다. 이때 같은 꿈을 가진 친구와 이야기하면 그 무뎌진 열정의 마음이 스물스물 다시금 꽃처럼 피어오른다.

동료와 즐겁게 꿈에 대한 이야기를 나누다 보면 나도 모르게 휴식을 취하고 있을 때든, 아니면 다른 장소에 가 있든 새로운 아이디어가 떠오르기도 한다.

같은 꿈을 가진 사람을 경쟁자라고 의식하고 경계하게 될 때가 있다. 하지만 싸워야 하는 경쟁자가 아닌 서로 꿈을 포기하지 않게 도와주는 조력자라고 생각해도 좋겠다. 상대방 덕분에 자극을 받고 더 열심히 나의 일을 돌아보고, 이런 점은 내가 더 노력해야지, 이런 점은 내가 반성해야지라고 생각하게 만드는 꿈의 조력자라고 말이다.

같은 꿈을 가진 조력자에게 긍정적인 에너지를 받을 수 있는 소중한 순간이 찾아온다. 또 반대로 그런 에너지를 전달할 수 있는 자신을 발견할 수 있다.

"맥주 완전 달다!"

116

모닥불을 바라보며 맥주를 원샷하는 나를 보며 친구는 웃으며 말했다

"너 맥주 진짜 좋아하는구나?"

나도 웃으며 말했다.

"응. 일만큼 좋아해."

스트레스받지 않고 즐거워하며 일 얘기를 할 수 있는, 같은 꿈을 가진 친구가 생겼다는 게 너무나 감사했던 하루였다. 글램핑이 끝나고 집으로 가는 길에 "다음번엔 일 얘기 하지 말자!"라고 친구와 또 다짐했지만 아마 그렇지 못할 것 같다는 느낌이 들었다.

어디가 끝인지 모르는 길을 걷고 있을 때

혼자보단 함께 걷는 게 든든할 때가 있다.

지쳐갈 때 포기하지 말고 같이 계속 걷자고

손 내밀어 주는 동료도 있으니까.

소리예찬

최근 들어 또 하고 싶은 것이 생겼다. ASMR(autonomous sensory meridian response). 자율감각 쾌락반응의 줄임말이다. ASMR은 뇌를 자극해 심리적인 안정을 유도하는 영상으로 바람 부는 소리, 연필로 글씨 쓰는 소리, 바스락거리는 소리 등을 제공해 준다고 네이버 지식백과에 친절하게 쓰여 있다.

　최근 이 심신의 안정을 주는 소리에 관심이 많아졌다.

　사실 나는 어릴 적부터 소리에 민감했다. 영화를 볼 때 가장 중요한 선정 기준은 흥행수표 보증 천만 영화배우도 아니고, 뛰어난 감독도 아니고, 화려한 영상미도 아니었다. 바로 소리였다. 배경 음악이 많이 들어간 영화보다는 소품을 만지작거리거나 배우가 움직일 때 소리를 잘 잡은 영화를 더 좋아했다. 이런 소리가 일품인 〈장화홍련〉이나 〈진주귀걸이를 한 소녀〉, 〈판의 미로〉를 시간만 나면 수십 수백 번 얼마나 돌려본지 모른다. 이런 일상의 소리들을 듣고 있으면 괜시리 마음도 몸도 노곤 노곤해져 말 그대로 힐링 그 자체.

    일상 속에서 나오는 소리도 좋아했다. 엄마가 달그락거리며 설거지하는 소리. 아빠의 신문 넘기는 소리. 오빠의 컴퓨터 자판과 마우스 두드리는 소리. 어릴적 키우던 강아지 칸이 할짝할짝 제 발바닥을 핥는 소리. 이런 일상 속 소리 자체들이 너무 좋았다.

    어린 시절엔 이런 소리를 잘 담은 영화를 틀어놓고 잠들었지만 시대가 바뀌며 'ASMR'이라는 장르가 등장했고 덕분에 나는 ASMR이 없으면 잠들지 못할 정도로 크게 사랑에 빠졌다. 특히나 전두탈모가 왔을 때 소리에 대한 사랑이 절정이었는데 그도 그럴 것이 스트레스로 잠을 이루지 못할 때 ASMR을 들으면 나도 모르게 어느새 잠이 들었기 때문이다. 그때 이후로 쭉 ASMR을 들으면서 잠을 청했고 위로도 받는 나날을 살고 있다. ASMR영상을 만든 사람들에게 큰 절을 하고 싶을 정도다.

    그러다 보니 '나도 소리로 사람들을 위로하고 싶다!'라는 생각이 들기 시작했다. 이것도 병이다. 동경하는 대상이 생기면 나도 모르게 따라하고 싶은, 해보고 싶은 욕구가 생기는 병. 누구나 그런 것인지 아니면 나만 그런 것인지 모르겠는데 어쨌든 소리를 만들고 싶다는 생각이 든다.

"ASMR 하고 싶어!"

"너가 이제 막 던지는구나. 그냥 좋아하면 듣기나 들어. 지금 시작하기엔 너무 늦었다."

"그래… 늦은 건가…."

"너 서른세 살이야 지금도 하는 게 많은데 새로운 장르까지 도전해 본다고? 너무 세상을 우습게 보는 거 아니냐?"

반짝반짝한 눈을 하고선 친구에게 새로 하고 싶은 일에 관해서 조언을 해달라며 고백했지만 팩트 폭행을 잘하는 친구 M의 반응은 냉담했다. 두 마리, 아니 서너 마리 토끼 잡으려다가 그거 다 놓치는 수가 있다는 M의 이야기는 아이스 아메리카노 더블 샷보다 씁쓸했다. M과 대화를 끝마치고 집으로 돌아오는 나의 발걸음이 무거웠다. 원래 쳐졌던 어깨는 더 쳐졌다. 어떻게 보면 M의 말도 맞다. 지금 내가 하는 일들을 더 보강해서 잘할 수 있게 능률을 길러야 한다는 말. 이미 하고 있는 일도 내가 좋아하는 일들이라는 것을 알지만 새롭게 좋아하는 것이 생겼을 때 그것을 외면하는 게 과연 정답일까? 뭐든 도전한다고 했을 때 우리 곁에 항상 따라오는 말이 있었다.

'어설프게 도전하느니 당장에 때려치워라.'

저 말이 과연 정답일까? 어떤 이는 맞다고 생각하겠지만 내 관점에선 아니라고 생각한다. 처음부터 완벽한 도전은 없다. 좋아하니까 어설프게 따라하다가 어설프게 따라하는 그 행위가 좋고 적성에 맞으면 스스로가 발전하기 위해 끊임없이 연구하고 공부해서 점점 성장해 나가는 것이지. 그래서 나는 어설픈 도전이 좋다. 잘해도 재밌고 별로여도 재밌고. 막 처음 알아가는 시기니까.

나의 이 어설픈 도전이 그 직업을 본업으로 가진 사람에게 예의 없는 것일까도 진지하게 생각해 본 적이 있는데, 그것도 아닌 거 같다는 게 내가 내린 결론이다. 만화가가 되고 싶다며 내게 줄 공책에 그린 4컷 만화를 보여주셨던 주부님도, 코미디언이 되고 싶다며 아직 다듬어지지 않은 개인기 영상을 보내주셨던 분들도 이미 충분히 대단했다. 그저 몇 가지의

팁만 더 알려드리고 싶다는 생각이 들 뿐 무례하다고 생각을 해본 적은 단 한 번도 없었다.

"나 해보려고! 꼭 해볼 거야!"
"너는… 답정너냐…. 그 전에 안자냐?"

전화로 못 다했던 이야기를 M에게 구구절절 얘기하니까 수화기 너머로 M의 한숨 소리가 들려왔다.

"대신 고민 상담이니 뭐니 하면서 조언해달라는 얘기는 하지 말고 들어달라고만 얘기해. 어차피 넌 네가 하고 싶은 대로 하잖아."
"그게 내 매력이지?"
"끊어라."

M은 과감하게 전화를 끊었지만 그것이 싫진 않았다. 매번 딱딱하게 현실적으로 말하지만 그것이 나에게 애정이 있기 때문에 걱정돼서 하는 말임을 알기에.
'고마워'라고 내가 보낸 메시지에 M은 '알면 됐어'라는 쿨

한 답장을 보냈다.

새롭게 좋아하는 것이 생기면 이상하게도 나는 불끈불끈 의욕과 활력소가 샘솟는다. 쳇바퀴처럼 굴러가는 일상 속에 갑자기 이벤트 하나가 생긴 기분. 최근 나에게 생긴 이 ASMR 이벤트를 놓치지 말고 어설프게라도 도전해 보고 싶다.

내가 말하는 이 어설픈 도전은 '아 요즘 이게 인기 직업이라는데~ 나도 해봐?' 같은 마인드는 절대 아님을 분명히 말한다. 흥미도 없고 본인의 일상생활에 영향을 미치지 않았던 것에 대한 도전은 영양가 없는 독이니까. '남이 한다고 나도 한번?'은 좋지 못하다고 생각한다. 내가 말하는 어설픈 도전은 내가 평소에 좋아했고 흥미 있었던, 내 일상생활에 10퍼센트 이상은 영향을 차지하는 관심사여야만 한다.

좋아하는 관심사가 있으면 어설프게 도전해 보자.

어설프다고 창피한 일이 아니다.

엄청난 도약이라는 것을 잊지 말자.

나도 언젠간 상처받은 사람들에게

소리로 치료해 주는 힐링 ASMR사가 되고 싶다.

맥주 감별사가
되고 싶어

힘들었던 하루를 다들 어떻게 마무리할까. 사실 거창하게 일상의 마무리라고 하는 것도 우습지만 나 나름대로 거행하는 일상 마무리가 있다.

　N잡러로서 퇴근 없는 출근만 존재할 것 같은 바쁜 일상이지만, 나름 업무 끝을 알리는 신호가 있다. 바로 맥주 한 캔. 하루의 모든 업무를 종료하고 당장 의자에서 일어나 냉장고 한 구석탱이에 짱 박혀 있는 가장 차가운 맥주를 꺼내 든다. 맥주 캔을 따면 칙– 소리와 함께 캔 안에서 작게 들리는 보글보글 탄산 올라오는 소리에 귀 안까지 시원해지는 느낌이 든다.

　맥주를 벌컥벌컥 들이켜면 이내 쌓였던 업무 스트레스 지수도 쭉 내려가는 느낌. '캬–' 소리가 절로 나올 수밖에 없는 순간이다. 맥주로 가슴까지 뻥 뚫리고 나면 오늘 하루 고생했다고 위로받는 느낌이 절로 든다. 국산 맥주로 시작된 나의 맥주 사랑은 이제 세계로 뻗어나가 세계 맥주도 한 캔씩 클

리어해 나가고 있을 정도로 (사실 가격이 저렴해서 더 끌리는 점이 없잖아 있다) 맥주에 대한 나의 사랑은 크다. 맥주 감별사라는 직업이 있으면 언젠간 꼭 도전해 보고 싶다.

맥주에 대한 애정이 처음부터 이렇게 있지는 않았다.

10대 때 나에게 맥주란 신기함이었다. 엄마는 월급날이면 항상 맥주 한 병과 마른 오징어, 그리고 콜라 한 병을 사오셨다. 엄마 나름의 소소한 회식이었던 거 같다. 마른 오징어를 굽고 그 뜨거운 걸 단번에 손으로 쭉쭉 먹기 좋게 찢어주셨다. 그리곤 엄마는 맥주, 나는 콜라를 맥주잔에 따라 함께 짠- 하고 마셨다. 엄마는 술을 잘하지 못하셔서 세 모금만 마셔도 얼굴이 불그스름하게 달아오르곤 했는데 그때는 엄마 얼굴이 왜 빨개지는지 몰랐다. 엄마가 기분이 좋아져 웃음이 많아지고 내가 좋아하는 콜라와 마른 오징어를 먹는 게 너무 행복했다. 하루는 엄마에게 물었다.

"그건 무슨 맛이야?"

어린 내가 엄마에게 맥주 맛을 묻자 엄마는 눈이 동그래지

더니 이내 막 웃으셨다. "궁금하니?" 나는 고개를 끄덕였다.

"맛있는 맛."

맛있는 맛이라. 그 당시 나는 맥주가 콜라랑 비슷한 맛이 겠거니 했다. 엄마가 맥주를 드셨을 때 나는 항상 콜라를 먹었으니까. 보글보글 거품이 올라오는 것도 비슷하니까. 그 당시 맥콜이라는 맥주 맛이 나는 (엄밀히 말하면 보리 맛이다) 콜라가 있었는데, 분명 그 맛이 날 거라고 엄마에게 큰 소리치며 이야기하면 엄마는 깔깔대며 웃으시기만 하셨다.

그리고 성인이 돼서 처음으로 주민등록증을 들고서 슈퍼에 갔다. 엄마가 먹었던 맥주와 똑같은 맥주를 사고선 슈퍼를 나오자마자 두근거리는 마음에 단번에 뚜껑을 따서 맥주를 마셨다.

"써!!"

나는 오만상을 찌푸리며 맥주를 뱉었다. 콜라와는 전혀 다른 쓴 보리 맛이 났다. 뭐가 맛있다는 거야. 이딴 게 마른오징

어랑 먹으면 맛있다고?! 이게 무슨 맛있는 맛이란 말인가. 신기루에 뒤덮여 있었던 맥주는 나에게 쓴물 그 자체였다.

20대 때 나에게 맥주란 최악의 친구였다. 오랜 지망생 기간. 같은 지망생 친구들이 삼삼오오 모이면 술자리가 빠질 수 없었다. 참 우습게도 술은 행복한 일이 있을 땐 함께 행복한 기분을 안고 갈 수 있는 좋은 매개체가 되지만, 일이 잘 풀리지 않을 땐 마시면 부정의 덩어리가 되는 정말 위험한 매개체다.

꿈을 이루지 못한 사람들끼리 술을 마시면 무슨 일이 일어날까? 혐오의 장이 열리게 된다. 나의 진가(?)를 알아봐 주지 못하는 사람을 혐오하기 시작하며 좋지 않은 이야기만 오간다. 그리고 여기서 가장 위험한 순간이 오는데, 서로가 서로에게 위로가 되어주겠다며 칭찬 릴레이를 시작한다. 술의 힘을 빌리지 않고서는 할 수 없는 '너 잘해'라는 절대 영양가 없는 칭찬 릴레이다. 술의 힘을 빌리지 않고서는 할 수 없다고 말했는데, 술을 마시지 않고 맨 정신에 평가했을 때 그것이 칭찬이 될 수 없음을 서로 잘 알고 있기 때문이다.

이렇게 되면 누군가는 누군가를 혐오하고 싶어서 술자리

를 찾고 누군가는 그 영양가 없는 칭찬을 듣고 싶어서 또는 하고 싶어서 술자리를 찾는, 절대로 좋지 못한 술자리의 늪이 만들어진다. 왜 이렇게 잘 아냐고? 나 또한 그랬으니까.

좋은 일이 생겨 술을 마셔도 결국 마지막에는 혐오의 장과 영양가 없는 칭찬 릴레이였으며 나쁜 일 때문에 술을 마시면 그 이야기들은 더 빨리 열린다. 그럼에도 그 자리를 벗어날 수 없었던 건 자극되는 공감대 형성과 자기 연민 때문이었다.

세상을 원망하고 싶고, 나의 진짜 실력을 인정하지 못하고 있을 때, 이런 달콤한 술자리 유혹이 심한 것 같다. 나도 그 유혹을 뿌리치지 못하고 시험에 낙방한 사람들과 술을 마시며 우리의 진가를 못 알아준다며 낄낄거리고, 서로의 문제점을 알고 있지만 서로 '너 잘해 너도 잘해' 하면서 칭찬하기 바빴다. 그 술자리를 줄이고 그 시간에 코너 회의를 더 하고 연기 연습을 더했으면 아마 더 빨리 코미디언이 되지 않았을까.

20대 때 맥주는 최악의 친구였다. 이러면 안 되는 것을 마음속 깊이 알고는 있지만 이 맥주라는 친구와 같이 어울리면 괴롭지만 즐거우니까 절교는 할 수 없는 상태였다. 절교하기까지 정말 오랜 시간이 걸렸다. 혹여나 과거의 나처럼 혐오의 술자리나 자기 위안을 위해 술자리를 찾는 사람이 있다면 당장 그 짓을 그만두라고 하고 싶다. 그런 술자리는 친분을 만들 수도 없는 정말 인생에 도움이 되지 않는 영양가 없는 술자리이기 때문이다. 누구는 인맥을 만들기 위해서 술을 마신다고 하는데 사실 이건 술이 먹고 싶어서 하는 개소리다. 아, 개소리는 말이 험한 것 같으니 댕댕이소리 라고 정정하겠다. 결국 사회는 술꾼을 찾지 않고 실력 있는 자를 찾는다.

30대 때 나에게 맥주는 놀랍게도 스톱워치가 되었다. 개그, 웹툰, 에세이, 유튜브 어찌 보면 내가 좋아서 하는 일이긴 하지만 그 또한 일이기 때문에 아무래도 피로가 축적된다. 개그 빼고는 대부분 집에서 작업하는 내게 일과 일상의 경계선이 흐려진 지는 꽤 오래다. 그림, 글 작업이라든가 편집 작업은 스스로가 마감을 정해야 하는 애매모호한 작업들이다. 언제 마무리해야 할지 한번 붙잡고 있으면 시간을 정하지 않고 계속 붙들게 돼버리고, 또 이렇게 집에서 모든 것을 하고 있으면 지금 내가 집에서 일을 하고 있는 건지 쉬고 있는 건지 경계선이 많이 애매해진다.

이때 하나의 묘책이 바로 이 맥주였다.

나는 맥주로 모든 업무를 마무리한다. 일종의 스톱워치인 것이다. 마무리 작업을 하고 마지막에 맥주 한 캔. 나만의 작은 회식이 열리는 셈이다.

30대에 접어드니 사람 북적이는 회식은 기피하게 되고 맥주 한 캔 마시면서 하루를 마무리하는 게 인생의 낙이 됐다. 엄마가 월급날이면 콜라와 맥주를 사들고 온 것이 이제 이해된다. 엄마처럼 딸은 없지만 대신 반려묘 라인하르트가 듬직하게 혼술하는 내 옆을 지켜준다. 맥주 덕분에 뱃살은 늘었지만 행복도 배로 늘었다. 〈짱구는 못 말려〉에서 왜 짱구 아버지 신형만이 퇴근하고 자기 전에 꼭 맥주 한 병을 마셨는지 30대가 된 요즘 격하게 공감한다.

나의 맥주 역사를 돌이켜보니

나의 미래 맥주 역사가 궁금해진다.

나아가는 미래엔 기회가 된다면

맥주 감별사라는 직업을 가졌으면 하는

개인적인 바람과 함께….

Part.3

내일,
꿈꾸는 길을
쉽게 걸으려면

직업에 대한
집착 버리기

웹툰 〈자취로운 생활〉 이후 차기작과 코미디 프로그램에 들어갈 새 코너가 생각나지 않을 적에 나는 상당한 절망감에 빠져 있었다. 나름 N잡러로 이름이 알려져 있는데, 반 백수나 다름없이 지내다 보니 초조해지기 시작했다. 이러면 안 되는데, 나 빨리 뭐라도 완성해야 하는데. 다시 N잡러로 활동해야 하는데, 여러 개 해야 하는데…. 모았던 돈은 떨어져 가고 하루하루가 근심 걱정밖에 없었을 때, 오랜만에 오빠네 집에 갔다. 오빠를 보러 갔냐고? 천만에. 나에게는 눈에 넣어도 아프지 않을 조카가 있다. 여느 또래와 같이 동물을 좋아하고 로봇을 좋아하는 평범한 일곱 살짜리 남자아이.

　너무나 사랑스러운 조카를 보기 위해 인천에서 서울까지 한 걸음에 달려갔고 오랜만에 사랑스러운 조카를 보자 다음 작품을 만들어내야 한다는 갑갑했던 마음이 사르르 녹아내렸다. 조카와 같이 놀아주다가도 나는 항상 이런 질문을 한다.

"커서 뭐가 되고 싶어?"

어릴 적에 '엄마가 좋아? 아빠가 좋아?' 다음으로 수도 없이 받아 제일 듣기 싫었던 질문 top3에 들었던 질문을 내가 하고 있다니. 나도 어른이 되었구나 하는 생각이 들었다. 식상하고 흔해 빠진 질문. 그러면서도 이 아이는 뭐가 되고 싶을까? 꿈이 뭘까? 하는 기대감. 나의 작고 어린 친구는 뭐가 되고 싶을까? 의사? 대통령? 경찰관?

커서 뭐가 되고 싶냐는 나의 질문에 조카는 나를 슥 쳐다보더니 자기 방으로 쪼르르 달려갔다. 방으로 쏙 들어간 조카의 뒤통수에 "뭐가 되고 싶냐니까안~" 하며 되묻자 이내 조카는 해양 생물에 관한 책 한 권을 가지고 오더니 책을 펼치며 말했다.

"나는 커서 고래가 될 거야."

고래라고…? 펼쳐진 책을 가리킨 조카의 뽀시래기 같은 작은 손가락 끝에는 향유고래가 떡하니 그려져 있었다. 순간 당황했다. 당연히 직업에 대한 이야기가 나올 줄 알았는데 되고 싶은 게 고래라니? 허허 웃으며 한 번 더 물었다.

"아니…. 이런 거 말고 진짜 되고 싶은 게 뭐야?"
"진짜 고래 될 건데…. 내가 가장 좋아하는 건데…."

조카의 이유는 정말 단순했다. 좋아한다는 이유만으로 조카는 고래가 되고 싶다고 했다. 조카는 신나서 나에게 고래에 대해 주절주절 설명했다. 고래의 종류, 습성, 심지어 어느 해안에 서식하고 있다는 이야기까지 신나선 입에 침이 마르도록 이야기해 주었다. 이 녀석 고래 진짜 좋아하는구나. 나는 웃으며 귀엽게 떠드는 조카를 바라보다가 이내 머리를 쓰다듬었다.
그날 집으로 돌아가는 길에 조카가 했던 이야기가 계속해서 머릿속에 맴돌았다.

'그래…. 되고 싶은 게 뭐냐는 질문이 아니라 좋아하는 게 뭐냐는 질문을 했어야 했어.'

좋아하는 것을 직업으로 삼고 있는 나였지만 어느 순간부터 '좋아하는'이라는 단어가 아닌 '직업'이라는 단어에 집착이 생겨버렸나보다. 직업 이름만 중요하다고 생각했는데 조카의 말에 잊었던 것을 다시 깨달은 기분이었다. 생각해 보면이것을 더 빨리 깨달았을 뻔했던 적도 있었는데, 그러지 못했다.

그날은 조카를 어린이집에 데려다준 날이었다. 조카는 대뜸 유치원 선생님께

"우리 고모 만화 그리는 웹툰 작가래요! 사람들 웃기는 코미디언이라서 TV에도 나와요!"

하며 당황스럽게 내 자랑을 해준 적(?)이 있는데 나는 그때 '웹툰 작가', '코미디언'이라는 직업에 조카가 뿌듯해하는줄 알았다. 지금 생각해 보니 조카는 직업에 초점을 둔 게 아닌 '만화 그리는', '사람들 웃기는'에 초점을 맞춰 나에 대해자랑스럽게 이야기했던 것이다. 내가 착각하고 있었다.

차기작과 코너에 대한 답답함도 여기서 비롯된 것 같았다. 좀처럼 편안하고 좋아하는 마음으로 할 수가 없었다. 부담감

이 생겼다. 나는 웹툰 작가니까, 나는 코미디언이니까 나는 N잡러니까. 그 직업에 맞게, 나를 이야기할 때 붙는 직업 이름에 답하기 위해. 더 퀄리티 있게, 더 잘해야 해. 더, 더. 사람들을 실망시키면 안 돼. 나도 모르는 사이 또 다시 직업이라는 단어의 굴레에 빠져 스스로 채찍질하고 있었다.

이미 과거 연습생 시절 직업에 대한 집착으로 마음이 불안하고 초조해 더 잘 안 됐던 이력이 있는데, 직업이 생긴 후엔 '직업명에 맞는 사람이 되어야 한다'는 집착으로 또 다시 그 짓을 반복하고 있다는 걸 깨달았다. 정신이 퍼뜩 들었다.

"언제부터 내가 또 이렇게 된 거지?"

사람은 역시 망각의 동물이다. 직업은 내가 하고 있는 일을 지칭하는 단순한 단어일 뿐이다. '하고 있는 행위'가 중요한 것이지 그 행위를 지칭하는 '직업' 이름이 중요한 본질이 아니다.

직업에 대한 집착을 버리고 내가 지금 하고 있는 행위에 초점을 더 두면 우리가 하고 있는 일을 더 행복하게 할 수 있지 않을까?

"조카 보러 오길 잘했네."

작고 어린 나의 인생 조언자. 다시 한번 좋아하는 것에 대해 일깨워 줘서 고마워.

버스 창밖 빠르게 지나가는 풍경을 바라보며 오늘은 왠지 걱정 없이 부담 없이 좋아하는 작업을 할 수 있겠구나 하는 생각이 들었다.

무엇이 되고 싶은지가 중요한 게 아니라

무엇을 하고 싶은지가 중요하다는 것을

다시 한번 깨달았다.

부캐의
궁극적인 목표

예전의 일이다. 코미디언과 웹툰 작가를 동시에 하고 있는 나에게 N잡에 대한 인터뷰 제안이 들어왔는데 질문지를 받아보고 씁쓸한 생각이 들었다.

　코미디언으로서 벌이가 없어서 N잡으로 웹툰 작가를 하게 되었다는 이야기였다. 벌이가 없는 코미디언이 웹툰 작가를 하고 수입이 대폭 상승했다는 이야기를 유도하는 듯한 질문지.

　N잡으로 얻는 행복감이 아닌 오로지 돈에 대한 이야기로 점철되어 있었던 무례한 인터뷰 제안 내용을 보고 나는 단번에 그 인터뷰를 거절했다. 둘 다 내가 좋아서 하는 일인데 한쪽은 벌이가 없다느니, 한쪽은 수입 수완이 좋다느니 하는 말들이 내가 지금 하고 있는 직업들을 깎아내리는 기분이 들어 정말 불쾌했다. 요즘도 이런 식의 인터뷰들이 많이 들어오곤

한다. 자극적인 인터뷰 기사를 위해서 코미디언의 적은 수입에 대해 강조해 달라는 요구를 은근히 한다든가, 노골적으로 웹툰 수입을 공개해 줬으면 좋겠다라는 말을 빈번하게 듣기도 했다.

큰 숫자를 강조하는 자극적인 인터뷰 기사 만큼이나 사람들이 N잡 또는 부캐를 또 하나의 돈벌이 수단으로 생각하는 것 같아 N잡러로서 많이 씁쓸하기도 했다.

최근 부캐 열풍으로 인해 많은 사람들이 N잡에 도전한다. '바쁘게 살아야 한다! 평생 직업은 없다! 다른 수단의 돈벌이 부업은 필수!'라는 생각을 가지고 있는 사람들도 많아졌다.

'부캐로 돈을 벌자'라는 생각이 유행처럼 번지기 시작했는데, 어찌 보면 나도 다른 사람들 눈에는 그 유행을 따라 부캐를 갖게 된 케이스라고 보일 수도 있다. 하지만 사실 나는 돈을 벌기 위해 그림을 그렸던 것은 아니었다.

내가 좋아하는 그림을 사람들에게 보여주고 사람들에게 즐거움을 주기 위해서 그렸다. 만약 내가 돈을 벌기 위해 웹툰 작가가 될 거라는 욕망을 가지고 그림을 그렸다면 나는 지금쯤 그림을 그리고 있지 않을 것이다.

만화를 그리는 것이 너무 재미있었고 학창 시절 반 친구들에게 만화를 보여줬던 것처럼 많은 사람들에게 내 그림을 보여주고 싶어 도전 만화에 만화를 올리기 시작했다.

만화를 올려 댓글 한 개를 받는 것이 행복했고, 내 만화를 기다려 주는 독자들에게 빨리 다음 화를 그려서 피드백을 받는 작업이 좋았다. 하던 일이 풀리지 않아 자존감이 많이 떨어진 나에겐 만화가 인생의 행복이었다.

베스트도전에 올랐을 때도 '웹툰 작가의 길에 한걸음 다가갔구나!'라는 생각보다는 '베스트도전에 올라가게 되면 내 만화를 더 많은 사람이 볼 수 있겠다!'라는 기쁨에 방음이 안 되는 원룸에서 소리 없는 기쁨의 비명을 지르기도 했다.

만화 연재를 시작하고 8개월 뒤 네이버에서 정식 웹툰 작가 제의를 받았을 땐 이것이 꿈인지 생신지 알 수가 없을 정도였다.

만약 내가 돈벌이를 목표로 지금까지 달려왔으면 절대 해내지 못했을 일이다. 만약 내가 'N잡러가 될거야!', '웹툰 작가 되야지!'라는 생각으로 만화를 그렸으면 아마 한 달도 못 돼서 시무룩한 채로 포기했을 것이 불 보듯 뻔했다.

부캐를 수입의 목적으로 생각하고 접근한다면 원하는 만큼의 좋은 결과가 나오기 힘들다. 그 일을 지속하는 게 행복하지 않기 때문이다. '언제 돈 되는 직업으로 바뀔까? 언제 내가 하는 짓이 돈이 되나?' 하는 생각에 1분 1초가 굉장히 느리게 갈 것이다.

수입과 부캐가 연결되는 순간 '일'이라고 생각하기에 결국 직장에서 받는 스트레스 만큼이나 부캐로 복귀했을 때 활동이 스트레스가 된다. 부캐가 금전적으로 엄청난 수익을 거둬들이지 못하는 이상 행복해지기는 좀처럼 쉽지 않을 것이다.

최근 예능에서 '부캐 중독'이라는 단어를 봤다. 무엇이든 이제 뻑하면 부캐를 만든다는 것을 웃기게 표현한 단어였는데, 그 단어를 보는 순간 부캐 만들기에도 부작용이 있겠구나 하는 생각이 들었다.

부캐가 없는 사람들은 가끔 부캐를 생성해서 N잡을 하는 사람들을 만나면 나도 모르게 조금씩 조급해지는 경우가 있다고 한다.

'이 사람은 바쁘게 사는 거 같은데 나는 그렇지 못한 건가? 나태한 건가? 난 게으른 건가?'라는 조급한 생각에 부캐에 대한 욕구가 솟구치는 경우들이 있다. 하지만 전혀 그렇게 생각할 필요는 없다.

내가 생각하는 부캐의 궁극적인 목표는 본인의 만족감에 있다. '이 일을 했을 때 내가 행복한가? 스트레스 해소가 되는가? 즐거운가?'에 부캐의 목적이 있다. 일하고 왔는데 또 일하라고 하면 퇴근 없는 야근의 연속일 것이고 몸도 마음도 병들어 갈 것이다.

가까운 곳에 우리가 할 수 있는 행복을 주는 부캐들은 많다. 고양이 집사라든가 여러 가지 세계 맥주를 마시는 맥주감별사가 된다든가(이건 나도 하고 있는 또 다른 부캐 중 하나) 나만의 방을 인테리어하는 내 방 설계사가 된다든가 하는 방식으로 내 주변에서 할 수 있는 부캐를 생성해 나갈 수 있다.

부캐는 결코 금전을 목표로 시작해서는 안 되고 본인의 만족과 행복을 기반으로 시작해야 한다는 사실을 명심하자. 돈을 추구하는 부캐가 아닌 행복을 추구하는 부캐를 생성하자.

돈에 기준을 두지 않고

행복에 기준을 두고 부캐에 임한다면

좀 더 오래 부캐와 함께할 수 있다.

꿈을
포기하고 싶을 땐

동료 중에 맨날 "에휴… 그만둬야 하나…"를 입에 달고 살던 친구가 있었다. 농담 반 진담 반이라는 것은 알고 있었지만 월급날만 되면 항상 말했던 대사이기 때문에 그 녀석만 보면 이 녀석 농담 반 진담 반이 아니고 농담 30퍼센트 진심 70퍼센트구나라는 생각을 늘 했었다.

　그랬던 녀석이 어느 순간 그런 이야기를 안 하기에 나는 슬쩍 녀석에게 다가가 물었다.

　"왜 요즘은 에휴… 그만둬야 하나… 이거 안 해?"
　"야 그 대사를 네가 토씨 하나 안 틀리고 외운 거 보니까 내가 어지간히 그 말 많이 했나 보다."
　"어. 맨날 했잖아. 요즘엔 왜 안 해?"

　내가 꼬치꼬치 캐묻자 녀석은 말을 이어나갔다. 얼마 전에 지망생 시절 함께 지냈던 형을 만났다고. 형을 만날 당시 녀석은 월급에 불만이 많았다. 그도 그럴 것이 열심히 한 달 동안 일해도 통장에 찍히는 액수는 웬만한 사회 초년생보다도 적은 액수였기 때문이다. 지방에서 서울로 올라와 자취를 하면서 지내는지라 월세 50만 원에 핸드폰비, 공과금, 생활비, 보험료를 다 빼면 통장은 '텅장'이 되어 있었다. 코미디언이 되면 당연히 돈은 잘 벌겠지라는 기대에 부푼 반짝이는 시선에 차마 "아니야~"라고 말할 수도 없는, 꿈은 이뤄서 박수 받았지만 박수 받을 만한 생활비는 없던 웃픈 상황이었다. 녀석의 삶이 너무 고단했다. 좋아한다는 열정만으로 매일 새벽까지 회의를 하다가도 택시 탈 돈이 없어서 첫차가 뜰 때까지 사무실에서 뜬 눈으로 밤을 지새우는 자신의 모습에 괴리감이 느껴진다고 했다. 데뷔만 하면 화려할 것 같았던 본인의 라이프는 지망생 시절과는 별반 다를 것 없고 방송에서도 뚜렷하게 두각을 보이지 못한 채 돈에 허덕이면서 지냈다고 했다. 그래서 월급날만 되면 녀석은 그렇게 한숨이 나왔다고. 궁핍해지니 돈 생각밖에 나지 않았고, 불타오르던 열정도 차츰 식어가기 시작했다.

열심히 하던 것도 대충 대충 하게 되고 어차피 이렇게 하나 저렇게 하나 통장은 '텅장'이라는 생각에 설렁설렁 일하고 있던 어느 날 지망생 시절을 함께 보냈던 형과 만난 것.

지망생 시절을 함께했지만 서로 다른 길을 걷게 된 후 처음 만난 그 자리에 형은 휘황찬란한 외제차를 끌고 나타났고, 녀석의 눈은 휘둥그레졌다고. 힘들고 고단한 지망생 시절을 함께했던 형은 코미디언의 길을 포기하고 공인중개사가 되어 그 당시 월 1,000만 원의 소득을 내고 있었다고 한다.

형은 오랜만에 지망생 시절 못 먹었던 맛있는 것을 먹자며 값비싼 소고기를 사줬지만 녀석은 그 자리가 마냥 즐겁지만은 않고 마음이 무거웠다고 했다.

술이 한 잔 두 잔 들어가자 녀석은 술기운을 빌려 고민거리를 형에게 털어놓았다.

"사실 요즘 너무 힘들어. 좋아서 하는 일인데… 월급도 너무 적어서 생활이 안 돼. 나도 형처럼 그만두고 다른 일할 걸…"

녀석의 말에 즐겁게 술을 마시고 있던 형의 얼굴이 굳어졌다.

"야. 그런 말 하지 마."

술잔을 꽉 움켜쥔 형은 술을 벌컥벌컥 들이켜 마시며 말을
이어나갔다.

"난… 네가 부러워. 내가 못 이룬 꿈 넌 이뤘잖아. 나는 지
금 하는 일이 내 꿈이 아니었던 거 너도 잘 알잖아."

"그래도 형. 돈 많이 벌잖아."

"하고 싶지도 않은 일 하고 있는데 돈이라도 잘 벌어야 하
지 않겠냐? 난 있잖아 지금도 가끔 악몽 꾼다. 오디션 장에서
내가 도망쳐 나오는 꿈…. 무대에 서서 나도 너처럼 남들을
즐겁게 해주고 싶은데, 나는 그냥 지금 내가 하는 직종에서
유쾌한 사람 그 이상도 그 이하도 아니야. 내가 가장이 아니
고 나이가 너 정도였다면… 난 다시 도전해 보고 싶어. 돈은
있다가도 없고 없다가도 있는 거야. 돈이 전부가 아니야. 안
되더라도 해보고 후회하고 싶은 마음도 많아. 하지만 난 그럴
수도 없으니까 매일 그런 악몽을 꾸는 거야. 그러니까 돈 때
문에 그만하려고 하지 말고 다른 벽에 부딪혔을 때 그런 이
야기 해. 그럼 형이 고민 들어줄 수 있겠다."

친구는 그런 형의 이야기에 다시 한번 자기가 하고 있는 일

에 대해 진지하게 생각할 수 있었다고 한다. 녀석은 꿈의 가치를 낮게 봤던 거고, 형은 꿈의 가치를 높게 봤던 것이다.

녀석은 좋아했던 일을 하게 된 이후로 일을 당연시하고 본인이 생각했던 만큼 수익이 나지 않자 이 직업에 대한 가치를 낮게 보고 진지하게 임했던 적이 없었다고 했다.

"형이랑 그렇게 만나고 나서, 가치를 따지고 보니까 내가 그렇게 낮게 볼 직업을 가진 게 아니더라고. 그래서 마음 고쳐먹고 새로운 마음으로 다시 시작해 보려고! 초심!"

"그치 얼마나 노력해서 됐는데, 그리고 좋아하잖아. 이 일."

"인생은 능력제니까, 능력 발휘로 힘 좀 써보자."

녀석은 다시 마음을 고쳐먹고 본인의 꿈의 가치를 높게 봤다고 했다. 그리고 본인의 가치도 높이기 위해 노력했다고 했다. 그리곤 연봉 협상 날에 스스로 만족할 만한 페이를 받았다는 후문이다.

가끔 우리는 자신의 일에 대해 실망하는 경우가 종종 있다. 그중 혹시라도 금전적인 문제로 일에 대한 회의감이 든다면 본인의 꿈의 가치에 대해 생각해 보자.

아무리 생각해도 꿈의 가치가 낮고 만족도도 높지 않다면 그 일은 후회 없이 그만둘 수 있다. 본인 스스로가 그 일과 적성에 맞지 않다는 것을 알고 미련 없이 그만두는 것도 멋진 선택이다.

하지만 스스로 꿈의 가치를 따졌을 때 그만두는 것이 망설여진다면 나는 그 일을 그만두는 것을 추천하지 않는다. 미련이 남기 때문이다. 나중에 환경적으로 여유가 생긴다면 반드시 '그때 좀 더 열심히 해볼걸 왜 그러지 못했을까?' 하는 후회의 순간이 기필코 찾아온다. 그때는 후회해도 돌이킬 수 없기 때문에 어쩔 수 없이 가슴에 미련을 안고 살아야 한다.

지금 이 순간에 내 꿈의 가치를 어떻게 보고 있는지, 꿈의 크기 만큼 열심을 다하고 있지 차분히 생각하고 그 때 돌아서도 늦지 않다. 꿈을 막고 있는 문제도 개선할 수 있는 것일지 모른다.

후회 없이 사랑하라는 이야기가 있다.

나는 이 이야기가 일에도 적용된다고 생각한다.

후회 없이 내 일을 사랑하고 아껴주고

만약 잘 안 된다 하더라도,

모두가 마음의 상처 없이 미련 없이 살아가기를 바란다.

비교는
정신을 갉아먹는다

어릴 적에 오빠가 죽도록 미웠다. 오빠는 공부를 잘해 반에서 1등을 밥 먹듯이 하던 사람이었고 나는 공부를 못해 뒤에서 1등을 밥 먹듯 하던 사람이었기 때문이다. 내가 이토록 오빠를 미워했던 것은 사이가 안 좋아서가 아니라 주변 사람들에게 비교를 많이 당해서였다. 오빠가 공부를 잘하는 걸 알았던 동네 이웃들은 오빠를 칭찬하면서 나를 흉봤다.

　"같은 배에서 나온 자식 맞아? 어디 가서 네 오빠 친오빠라고 하지 마라~"

　이웃 주민들의 유머를 가장한 폭언. 지금 생각해 보면 굉장히 무례했던 말인데 주눅이 들어서 화조차 내지 못하고 묵묵히 고개를 떨구고 그 폭언을 듣고 있었다. 그리고 애꿎은 오빠를 향한 분노로 가득 찼다. 특히나 명절 날만 되면 오빠라는 사람이 더 싫어지곤 했다. 명절 날에 나와 오빠는 친척들에게 매번 화두에 오르는 안주거리였다.

"오빠는 공부를 잘하는데… 동생은 왜 저 모양이니?"
"오빠 머리 반만 닮았어도 쯧쯧…."
"오빠가 좋은 유전자를 몰아받았나~"

명절 날 집으로 돌아오면 친척들이 나와 오빠를 비교하면서 상처 줬던 말들에 베갯잇을 눈물로 적시며 잠드는 경우가 많았다. 그래서 나는 오빠가 밉고 싫었다.

주변에서 이런 말을 듣고 자라다 보니 스스로도 나와 오빠를 열등생과 우등생으로 비교했다. 이렇게 비교만 당하고 스스로도 비교하며 지내다 보니 나는 열등감 덩어리에 자존감도 떨어졌다. 매사에 부정적인 생각투성이었다. 비교당하기 싫어서, 그리고 오빠처럼 칭찬받고 싶어서 잘하지도 못하는 공부를 하겠다고 연필을 붙잡고 있었던 적도 있었다. 하지만 책상 앞에서 공부에 대한 집중보단 '또 비교당하면 어쩌지?'라는 걱정으로 시간 때우기 일쑤였다. 당연히 성적은 안 나왔고 그렇다고 집중도 못하는 나는 스스로 오빠와 비교하며 학창 시절을 보냈다.

성인이 되고 오빠와 술을 먹으며 나는 처음으로 이 이야기를 털어놓았다. 오빠와 비교당해서 오빠가 너무 미웠지만 한편으로는 너무 부러웠다는 이야기를 털어놓자 오빠는 당황해했다.

"몰랐어. 네가 그런 생각에 스트레스받았다는 거⋯."
"아냐 생각해 보면 오빠는 잘못 없지, 뭐. 죄라면 그냥 공부 잘한 죄?"

너무 당황해하는 오빠 반응에 어떻게든 유머로 분위기를 무마시키려고 했지만 동생이 털어놓은 과거의 열등감은 오빠에게 스쳐지나가는 말이 아니었나 보다.

"사실은 나도 너한테 질투 났던 적이 있어."
"뭐? 나한테?"

오빠가 뭐가 아쉬워서 나 같은 애한테 질투가 났지? 공부도 잘해서 학창 시절 우수한 성적으로 좋은 대학에 입학하고 앞날이 창창할 것 같은 오빠가 나를 질투할 구실이 전혀 있을 것 같지 않았다. '뭐가 질투가 난다는 거지? 왜?'라는 물음표가 내 머리에 띄워져 있었다. 오빠는 말을 이어나갔다.

"난 하고 싶은 거 하는 네 용기가 너무 부러웠어. 나는 그런 용기 없거든. 주짓수가 좋아서 도장 차리는 게 내 꿈이었는데 주위의 시선 때문에 그냥 원래 조금 잘했던 공부한 거야(여기서 "조금이 아닌데?"라고 했지만 무시당하고 오빠는 말을 이었다). 좋은 대학교 나와서 성공해야 한다는 어른들 이야기에 전공도 점수에 맞춰서 정한 거였지, 내가 진짜 하고 싶어서 그 과에 들어간 건 아니었어. 그냥 내가 전공에 맞춘 거지. 근데 사실은 반대가 되어야 하는 거잖아. 내가 좋아해서 하는 게 맞는 건데, 주위 시선에 맞추려고 노력은 하면서도 원하지 않는 길을 걸어야 하나 싶었지. 하지만 너는 나처럼 목표를 짜깁기하지도 않고, 네가 진짜 하고 싶은 걸 하잖아. 그런 용기를 가진 너를 나랑 비교해서 질투가 난 적이 있었지. 나도 '네 동생은 명확한 꿈이 있는데 너는 왜 없냐'는 소리를 들었을 때도 있었으니까. 지금도 가끔 그런 생각이 들어. 그런 용기와 실행력을 가질 수 있어서 부럽다는 생각도 들고."

오빠의 얘기에 나는 놀랐다. 나만 비교의 늪에서 허덕이고 있을 거라 생각했는데 나름 능력자라고 생각한 오빠가 나와 자신을 비교했다니…. 나조차도 내가 하찮다고 생각하는 나를!

"그냥 너랑 나랑은 다른 장점을 가지고 있었던 거야. 가질 수 없는 능력을 부러워하지 말고 지금 가지고 있는 능력을 갈고 닦아. 비교는 결국 자기 비하가 되고 정신건강에 좋지 않더라. 내가 너보다 인생을 더 살면서 느낀 점은 이렇다."

마지막 대사가 살짝 꼰대 같았지만 오빠의 말이 머리에 쏙쏙 박혔다. 나 또한 그랬으니까.

가끔 가질 수 없는 것에 대해 우리는 남을 부러워하고 비교한다.

이 비교는 주위에서 누군가 부추겨서 혹은 그냥 스스로 내가 못났다고 생각해서 생겨날 수 있는데 공통된 결말은 '남과의 비교는 시간 낭비'라는 것이다.

남과 비교하면서 무언가를 시작하면 '쟤보다 잘해야지! 근데 잘 못하면 어쩌지?'라는 생각에 정작 일엔 집중하지 못하고 계속 비교 대상과 비교하고 스트레스를 키우며 고통만 받을 뿐이다. 남과 나를 비교해서 자극받는 것을 좋은 방법이 아니다.

나와 오빠는 서로 갖지 못한 점들에 대해 속상해하다 스트레스를 받았다. 애초에 가질 수 없는 점을 비교하는 것 또한 좋지 않다고 생각한다. '쟤는 저런 면이 있는데 나는 없네? 난 뭐지…?' 하는 자기 비하와 내가 할 수 없는 것에 대한 갈망이 나의 정신을 갉아먹는다. 할 수 없는 일에 집착하는 일은 정말 좋지 않은 행동이다.

'왜 나는 저렇게 못해? 저 사람은 하는데 나는 못하는 거 보면 나는 문제가 있는 애인가 보다'라고 생각하면서 자기를 폄하하는 생각도 스스럼없이 하기 때문이다.

이럴 때일수록 내가 더 잘할 수 있는 것을 찾아 그것을 갈고 닦으면 충분히 내가 생각하는 멋진 사람이 될 수 있다고 생각한다. 부족한 점을 인정하고 겸허히 받아들이는 것. 남들과 비교할 시간에 내가 잘하는 부분을 찾는 것. 이것이 비교의 늪에서 빠져나갈 수 있는 길이며, 내 자신에 대해 알아갈 수 있는 방법이라고 생각한다. 못하는 것이 있다고 부끄러워할 필요는 전혀 없다. 사람은 누구나 못하는 일이 있고 잘하는 일이 있다. 하지만 그것을 인정하지 않고 끊임없이 남과 비교하며 인생을 살면 우리의 삶은 고통스러울 것이다. 그리고 기억해야 한다. 스스로 하찮다고 생각하는 부분이 다른 누군가에게는 정말 필요한 부분이라서 당신을 부러워할 수도 있다는 사실을….

오빠와 나는 서로의 다름을 인정하고 서로를 위로하고 웃으면서 오랜만에 진솔한 대화를 했다.

"그래. 나도 비록 공부는 못하지만 용기는 있는 사람이지."

"그래. 나도 꿈은 없지만 공부는 잘하지."

"공부 잘하는 사람 입에서 공부 잘한다고 하니까 좀 그렇네…."

"시끄러. 네가 했던 말은 오그라들거든."

못하는 것을 채우려 하지 말고 내가 잘하는 장점을 채우며 살면 인생이 좀 더 즐겁지 않을까? 비교 없는 세상에서 살면 복잡한 인생도 조금은 단순해질 수 있다.

단점을 보완하는 것도 좋지만

장점을 강점으로 극대화하기 위해 노력하는 시간이

인생을 사는 데 더 유익하다.

꿈을 이룬다고
반전은 없겠지만

지망생 시절 신년에 새파란 바다를 보면서 꿈에 대해 생각했다. 지금은 내가 작지만, 꿈을 이루면 저 바다처럼 넓은 세상에서 나라는 사람이 누군지 알리고 마음껏 뛰면서 헤엄쳐 주겠어!

언젠가 이뤄진다. 꿈은 바다와 같다.

"축하드려요. 내일부터 출근하세요."

내일부터 방송국에 출근하라는 전화를 받았을 때. 처음 꿈을 이루었을 때 그 자리에서 환호의 비명을 질렀고 그 시점으로 내 인생이 드라마틱하게 바뀔 줄만 알았다.

근데 아니더라.

어릴 적부터 자신이 가진 꿈을 이루면 성공한다고 배워왔고 인생이 180도로 달라진다고 생각했다. 때문에 변화 없는 나의 일상이 처음에는 너무 당황스러웠다. 꿈을 이뤘는데, 그

다음 날의 나는 그냥 어제의 나와 별반 다를 것이 없었다. 그냥 코미디언이라는 타이틀 하나 달린 안가연.

처음으로 내가 짠 코너로 녹화를 뜨고 TV에 나오는 순간 그제서야 '아 내 인생은 이제 바뀌겠구나'라고 생각했다. 마음은 이미 강남에 있는 최고급 아파트를 사고 값비싼 외제차를 샀다. '모두가 날 알아보겠지?'라는 마음에 들떠 있었다.

근데 아니더라.

내가 생각했었던 것처럼 극적인 변신 같은 것은 일어나지 않았다. 코미디언 타이틀 하나가 생긴 것뿐이었고 코너 하나가 생겨 페이를 받아 형편이 약간 나아진 안가연. 그 뿐이었다. 지망생 때와 코미디언 때의 생활이 극명하게 바뀌지도 않았다. 똑같이 막차가 끊기면 첫차 때까지 기다렸고, 값싼 도시락을 찾는 생활은 데뷔 전후가 같았다. 이쯤 되니까 조금 혼란이 오기 시작했다. 생각해 보니 꿈을 이룬 사람들의 '꿈을 이루기 위해 무엇을 했다', '나는 이런 계기로 꿈을 꾸게 되었다'라는 류의 조언은 많이 들어봤는데 '꿈을 이루고 나서의 발전'에 대한 이야기는 들어본 적이 없었다.

생각했던 것보다 드라마틱하게 변하지 않는 삶에 실망했다. 꿈을 이루기 위해 노력했지만 꿈을 이루고 나서는 더 노력해야 한다는 사실을 몰랐기 때문일까. 아무것도 모를 때보다 심화 과정을 거치면 힘들어진다고 했던가. 지망생 시절보다 코미디언이 된 이후가 더 알쏭달쏭했다.

내가 잘하는 게 맞나? 이거 잘하고 있는 건가? 이런 생각을 갖고 있을 때 쯤 오랜만에 사촌동생을 만났다. 사촌동생은 TV를 잘 보고 있다며 웃으며 나에게 말했다. 나는 씁쓸한 웃음을 지었다.

"뭐 그냥 변변찮게 활동하고 있는데 뭐…."

그런 이야기를 하니 동생은 눈을 동그랗게 뜨며 의외의 표정을 지었다.

"변변찮게라니. 나 언니가 하는 거 다 봤는데!"

그러면서 내가 이제껏 했던 코너들을 읊어주었다. 고맙게도 사촌동생은 내가 했던 코너를 다 보고 있었고 코너 하나하나에 대해 이야기해 주었다. 그제서야 나는 내가 데뷔 이후로 꽤 많은 코너를 했구나 하고 깨달았다. 가랑비에 옷 젖는

줄 모른다고 했던가. 그놈의 '드라마틱한 인생'만 바라다 내가 발전하는 모습은 생각지 못했다. 나는 꿈을 이룬 뒤 나름 조금조금씩 성장하고 있었다는 사실을 알아채지 못했다.

지금 인기 반열에 올라 스타가 된 사람들도 처음부터 극적인 반전으로 스타가 된 것은 아니다. 그들에게도 무명의 세월은 있었고 인내와 노력 끝에 서서히 발전해서 마침내 스타가 된 사람들이다. 세상에 갑작스럽게 드라마틱한 인생을 맞이하는 사람은 없다. 그 사람의 노력과 끊임없는 연구로 서서히 발전하고 경력을 쌓아가는 순간들이 모여 그 사람을 만드는 것뿐.

유튜브를 하면서 '떡상'이란 단어를 배웠다. 유튜브 영상이 알고리즘의 선택으로 조회 수가 폭발하면 그것이 곧 '떡상'의 길이고 성공의 길이다. '아 나도 직장 때려치우고 유튜버나 할까'라는 이야기가 유행어처럼 번졌지만 사실 그 '스타 유튜버'도 한 번의 로또 같은 조회 수로 되지 않는다. 몇 개월, 혹은 몇 년 동안 쉬지 않고 콘텐츠를 연구하고, 회의한 끝에 조회 수가 서서히 오르다 꾸준한 업로드에 알고리즘이 다른 사람들에게 많은 노출을 시켜주고 기하학적으로 '떡상'을 맞이한다. 즉, 알고리즘에 랜덤으로 선택받은 영상이 아니라는 뜻이다.

조회 수가 유지되는 것도 이 사람이 얼마나 노력하느냐에 따라 다르다. 오! 이제 됐다! 하는 마음에 내가 하고 있는 것을 놔버리면 다시 원점으로 돌아간다.

작은 순간이 모여 발전한다는 말은 보여지는 직업뿐만이 아니라 모든 직업에 해당 된다. 웹툰 작가가 됐을 때도 내 인생에 극적인 반전은 없었다. 작가가 아닐 때처럼 똑같이 밤에는 그림을 그리고 똑같이 낮에는 개그를 하고 여전히 평범하게 자취를 했다. 작가가 되기 전 어제나 되고 난 오늘에 별다른 차이는 없었다. 하지만 이제는 안다. 나는 서서히 발전해 나가고 나도 모르게 조금씩 변해간다는 것을.

꿈을 이루고 난 뒤 그 이후의 생활이 생각과는 달라 방황하는 사람들에게 꼭 이야기해 주고 싶다. 꿈을 이룬다고 끝이 아니다. 튜토리얼을 거치고 그 후부터는 본격적인 시작이고 실전이다.

꿈을 이룬다고 드라마틱한 반전은 없다. 하지만 그 이후에도 해야 할 일을 정확히 파악하고 꾸준히 해나간다면 어느 순간 자신도 모르는 사이 드라마틱한 삶을 살고 있을 거라고 믿는다.

꿈은 바다와 같다는 말이 맞다.

넓고 깊은 바다를 보기 위해 바다에 도착했지만

바닷물은 안 보이고 갯벌밖에 없을 때

실망하고 쉽게 돌아가진 말자.

때가 되면 파도가 밀물처럼 서서히 몰려와

이내 내가 생각했던 바다가 될 테니까.

포기하지 않는
방법

"넌 잘하지도 못하지도 않는다."

내가 무언가를 할 때 자주 듣는 말이었다.

나는 딱히 특출한 장점이 있는 편이 아니다. 항상 무난 무난한 인생을 살아왔다. 개그를 뛰어나게 잘하는 편도 아니고, 그렇다고 해서 그림을 끝내주게 잘 그리는 편도 아니다. 정말 무난 무난한 중간빵(?) 인생을 살아가고 있다. 독특한 매력이 있는 외모도 아니고, 눈에 띄게 개성이 있는 편도 아니다. 정말 평범한 편이라서 나를 아는 사람들은 나에 대한 첫인상이 없을 정도다. 이렇게 특색 없는 무채색의 내가 어떻게 N잡러로 활동할 수 있을까? 분명 궁금해하는 사람이 있을 거다. 나도 가끔 내가 어떻게 이렇게까지 할 수 있을까 하는 생각이 들 정도니까.

특출난 장점이 없는 나에게도 한 가지 남들에게 지지 않는 나만의 무기가 있다.

그건 바로 포기하지 않는다는 장점이다.

나는 이게 정말 강력한 장점 중에 하나라고 생각한다. 엄청난 재능을 가지고 있다고 한들 본인의 기대치가 너무 높고, 그 기대치에 부응하지 못해 포기하면 그 꿈은 말짱 도루묵이기 때문이다.

내게 이런 장점이 있다고 알게된 건 한 선배 덕분이다. 녹화 현장에서 너무 긴장해서 준비했던 것을 보여주지 못하고 무대에서 내려오기 일쑤였던 시기. 망연자실하고 있는 나에게 한 선배가 나에게 다가와선 이렇게 말했다.

"넌 진짜 못해. 근데도 포기를 안 해."

뭐지? 포기하라는 뜻인가? 도대체 무슨 신종 독설인가 싶어 이야기를 듣고 고개를 들어 울먹거리는 표정으로 선배를 바라봤다.

"포기를 안 하고 계속하니까 그래도 실력이 늘긴 느네. 힘내라. 잘하고 있어. 앞으로도 그렇게 계속해."

무대를 망쳤다고 생각한 나에게 했던 츤데레스러운 이 위로는 정말 많은 위로가 되었고 아직도 나에게 큰 힘이 된다. 계속하면 그래도 미미하지만 실력이 향상된다는 깨달음과 끈기라는 강력한 장점 하나를 선배를 통해 알아냈기 때문이다.

포기만 하지 않으면 무엇이든 다 될 수 있다. 실력이 소름 돋게 뛰어나지 않아도 말이다. 특색 없고 실력이 특출 나지 않은 내가 다양한 직업을 가질 수 있게 된 것이 바로 이 포기하지 않는 장점 때문이 아닐까.

이쯤에서 실력이 없는데 어떻게 포기하지 않을 수가 있지? 하는 의문을 가지는 사람들이 있을 거다. 나도 가끔 왜 재능도 없는데 포기도 않고 이 일들을 계속하고 있는 걸까 생각한다.

의문만 품고 있다가 N잡러에 관한 강의를 준비하며 그 의문이 해소됐다. 코미디언과 웹툰 작가 두 가지 직업을 갖자

신기하게도 강연 요청이 많이 들어왔다. 강의를 준비할 때 어째서 이런 장점이 생겼는지 많이 생각했다. 지금껏 포기하지 않을 수 있었던 비결에 대해 생각한 결과 결론은 이거였다.

바로 꿈을 작게 가지라는 결론.

작은 사람이 되라고 하는 게 아니다. 쉽게 이야기하자면, 꿈을 가졌을 때 꿈을 게임이라고 생각해 보자. 처음 게임을 시작할 때 레벨 1의 캐릭터로 끝판 왕을 잡는 건 무리지만 차근차근 작은 퀘스트를 깨다 보면 경험치를 쌓아서 강해진 캐릭터로 끝판 왕과 싸워 이길 수 있다. 작은 퀘스트의 성취감이 결국엔 끝판 왕을 잡아 해피엔딩을 보는 쾌거를 이룬다. 이 성장 과정이 우리가 게임을 좋아하는 이유일 것이다. 게임처럼 꿈을 이룰 때 자신만의 작은 퀘스트를 설정해 보자. 작은 목표들을 달성하면 큰 성취감을 느낄 수 있고 자신감이 점점 자라난다. 재미 또한 커진다. 그렇게 되면 꿈을 포기할 확률도 적어지고 실망감도 많이 커지지 않는다.

포기하지 않고 경험치를 쌓다 보면 원하는 결과가 반드시 나온다. 포기하지 말자. 꾸준히 하되 스트레스받지 말자. 나만의 작은 꿈 퀘스트를 설정하는 것이 나만의 포기하지 않는 방법이다. 이렇게 하면 게임처럼 즐기면서 꿈의 끝판 왕을 잡을 수 있으니까.

매번 강의 때 하는 이야기다. 나의 장점은 이것뿐이니까. 하나뿐인 이 장점이, 특출 나게 빼어난 능력이 없는데 좋아하는 일을 하고 있는 N잡러가 될 수 있었던 비법이다.

여기서 또 하나 중요한 것은 나라는 사람을 냉정하게 바라보는 눈이다. 나의 능력치가 어느 정도인지 제대로 파악하고 그것을 인정하는 것. 본인의 능력치에 비해 너무 높은 기대치가 있고 스스로를 똑바로 보지 않으면 실력을 갈고 닦아야 할 시간에 자기 혐오에 빠져 시간을 낭비할 확률이 높다. 본인을 제대로 바라볼 수 있다면 포기하지 않는 방법을 금방 이해하고 실행해 나갈 수 있을 것이다.

작은 퀘스트로 쌓아올린 성취감과 경험치가

포기하지 않는 꾸준함을 만들어줄 것이다.

자기 비하
절대 금지

"요즘 너는 걱정 없지?"

"너는 좋겠다…. 요즘 행복하지?"

N잡러가 되고 여유가 생겼으니까 고민거리가 없겠다, 성격이 밝아졌겠다라고 생각하는 사람들이 주위에 많다. 천만에. 다양한 직업을 가지고 있어도 여전히 걱정쟁이다.

코미디언, 웹툰 작가, 에세이 작가, 그리고 유튜버. 내가 가지고 있는 모든 직업이 수익이 일정치 않은 프리랜서라는 것에 그 이유가 있다. 일이 없으면 수입도 제로다. 그리고 내가 얻었던 타이틀도 녹슨다. 수익을 얻는 방법이 여럿인 N잡러가 되면 이런 걱정은 사라질 줄 알았는데, 예나 지금이나 똑같다.

N잡러가 되고 다시 걱정쟁이로 컴백했었던 때는 〈자취로운 생활〉의 연재가 끝나고 개그도 하지 않았던 반년 정도였

다. 개그 코너도 웹툰 차기작도 아무것도 눈에 잡히지 않은
상태였다.

차기작이 통과되지 못하면 어떡하지? 〈자취로운 생활〉보
다 더 좋은 작품을 내야 하는데 그러지 못하면? 코미디언인
데 방송 일을 쉬고 있다니…. 한심스럽다. 걱정이 걱정을 낳
았고 결국엔 자기 비하까지 하는 수준이 되었다. 한심스러웠
다. 웹툰 작가라는 타이틀을 가지고 차기작 하나 들이밀지 못
하는 작가라니. 딜레마에 빠졌다. 이러면 안 되는 걸 알고는
있지만 간만에 시작한 걱정의 늪에서 빠져나오긴 너무나 힘
들었다.

이렇게 걱정이 많고 힘들어할 때 이런 고민을 친구 H에게
말한 적이 있다. 이러한 이야기를 꺼내면 H가 날 위로해 주
겠지라고 생각했지만 H의 반응은 의외로 냉담했다.

"영화 감독이 작품 나오기 전에 1~2년 정도 휴지기라는
게 있잖아"

"그렇지."

"그러면 그 1~2년 동안 영화 감독은 감독이 아니게 된
거야?"

H의 말에 나는 머리를 한 대 맞는 기분이었다. 그의 말이 맞았다.

"걱정할 시간에 만화를 그리고 코너를 짜봐. 정답을 알고 있으면서 왜 그래. 수입이 제로가 되는 게 무섭다고? 그래서 지금 수입이 제로가 아니잖아. 아직 그런 일은 일어나지도 않았어. 일어나지도 않은 일을 걱정해 봤자 변하는 건 없다는 거 알잖아. 그냥 이 상태를 지속하면서 앞일을 속단하는 건 속만 상하는 일이지. 널 비하하지 마. 널 동경하는 사람들도 있어. 그런 사람들이 네가 이러는 모습 보면 퍽이나 좋아하겠다. 자기를 비하하지 말고 조금 더 책임감을 가지고 열심히 하려고 해봐."

그래, 나는 뭐가 두려워서 걱정의 늪에 빠졌을까. 다시 옛날로 돌아갈까 봐 무서웠나 보다. 아직 일어나지도 않은 일인데 말이다. 걱정하는 일이 벌어지지 않으려면 무엇을 해야 하는지 명확히 알고 있는데도 행동하지 않는 건 흐트러진 나에 머무르고 싶어서라는 결론밖에는 나오지 않았다. 자기 비하 자체가 현실 도피였다는 것을 느꼈다. 나는 지금 이 상황을 맞닥뜨리고 싶지 않아서 현실에서 도피하는구나.

생각해 보면 욕심이 낳은 참사였다. 욕심이라는 게 인간의 본능 같다고 느꼈다. '꿈만 이루면 소원이 없겠어!'라고 시작한 욕심은 '이 업계에서 1등을 하고 싶어!'로 번지고 '1등을 하면 이것을 계속 유지하고 싶어!'라는 욕심을 낳는다.

무엇을 이뤘을 때조차 기쁨의 순간보다 욕심으로 인한 고통이 더 길게 간다. 욕심은 끝을 모른다. 끝을 모르기 때문에 망가지는 것 같다. 더 많은 것을 가지고 싶어, 누리고 싶어, 그러기 위해 난 완벽해야 해. 왜 근데 그렇지 못하는 거야? 나라는 놈은 도대체 뭐하는 놈이야? 하는 마음으로 생기는 대참사. 그렇게 슬럼프가 온다.

자기를 비하할 시간에 그림 한 컷을 더 그리고 사무실에 나와서 코너를 짜라는 H의 말이 그래서 더 와 닿았다. 걱정은 쓸데없는 시간 낭비라는 것을 또 새삼 깨달았다.

차기작을 위해 생각할 시간을 갖는다고 해서 나는 웹툰 작가가 아닌 것은 아니니까. 코미디언이 아닌 것은 아니니까.

나처럼 걱정과 자기 비하로 지금 해야 할 일을 놓치는 사람들이 많을 것이다. 아직 일어나지도 않은 미래의 일을 예측하며 걱정하는 것은 정말 시간 낭비다. 우리는 점쟁이가 아니다. 미래를 예측할 순 없다. 알 수도 없는 미래를 부정적으로 예측해서 걱정하는 것은 절대 금지!

이미 일어난 일을 걱정하는 사람들도 많을 것이다. 이미 엎질러진 물이다. 걱정하고 자기를 탓해봤자 달라지는 건 아무것도 없다. 우리는 과거로 돌아가서 과오를 바꿀 수 있는 타임 슬립 능력자 아니다. 이미 벌어진 과거를 탓하며 부정적으로 걱정하는 것도 절대 금지!

우리가 할 수 있는 것은 지금 현재에 충실하는 것밖엔 없다. 현실에 충실한다면 과거의 실수를 교훈 삼아 다시는 그런 일이 일어나지 않게 할 수 있고 미래에 결과가 좋든 나쁘든 현재에 작업한 결과물을 얻을 수 있다. 결국 현실에 최선을 다하는 자만 과거와 미래에 영향을 미칠 수 있다는 결론이 생긴다.

그러니 부디 자기 비하 절대 금지!

H의 조언에 크게 감명받은 나는 그날 곧장 집으로 달려가 오랜만에 펜을 들었다. 단숨에 차기작을 그린 나는 오랜만에 작품에 대해 회의했고, 나가지 못했던 사무실도 나가 회의를 다시 시작했다.

항상 무언가를 해야 자존감이 올라가고

스스로를 사랑했던 나는

현재에 충실하게 임한 후로

휴지기에도 내 자신을 사랑하는 법을 배웠다.

쉽지 않을 땐
쉽게 생각하자

좋아하는 것이 있으면 지금 당장 시작하라는 나의 조언에 항상 부록처럼 따라오는 말이 있다.

"말이 쉽지."

성장에는 엄청난 노력과 각오가 필요하다고 하지만 생각해봐라. 사실 그다지 어려운 일이 아닐 수도 있다.

항상 처음 시작이 두려워질 때면 나는 학창 시절 맞던 매를 떠올리곤 한다.

담임 선생님이 "오늘 숙제 안 해온 사람?"이라고 말하기 전부터 나는 두려움에 떨던 아이였다. 숙제 검사가 4교시에 있으면 학교에 등교한 순간부터 덜덜 떨며 걱정했다. '오늘 손바닥 맞겠다. 손바닥 맞겠다.' 이윽고 4교시가 찾아오고 "숙제 안 해 온 사람?"이라고 선생님이 이야기하면 온몸이 후들

거리곤 했다. 숙제를 안 해 온 친구들 몇 명이 손을 들고 한 명 한 명 손바닥을 맞고 내 차례가 올 때까지 두려움에 떨었다. 그도 그럴 것이 내 앞에 먼저 매를 맞는 친구들이 굉장히 아픈 표정으로 얼굴을 찡그리는 그 순간순간을 다 봤기 때문이다. 아플 거야 굉장히 아플 거야. 내 차례가 오고 나는 눈을 질끈 감고 선생님의 손바닥 체벌을 맞았다. 약간 따끔했지 막상 생각보다 안 아프다고 속으로 생각했다.

이게 과연 '시작이 쉽다'는 말에 맞는 예시인가라고 생각하는 사람들이 많겠지만, 나는 막상 겪어보니까 별로 안 아팠던 그 시절이 떠오른다.

스무 살이 되기 직전. '성인이 된다'라는 생각에 들뜸과 동시에 막연한 걱정이 밀려들어 왔다. '대학교 진학도 하지 못한 나는 이제 미래가 어떻게 되는 거지? 고졸 출신 어른이 되기가 너무 무서워. 인생의 낙오자 같은 삶을 살아가면 어쩌지? 카운트 다운을 하고 제야의 종소리가 울려 퍼지면 성인이 될 텐데. 일단 알바를 해야 하나? 알바를 할 때 학력을 볼까? 어른이 되기 무섭다. 이제 계획표라는 것이 하나도 없어진다. 예전엔 학교라는 곳으로 스케줄이라도 갔지⋯. 이제 어

떻게 살아야 하지?'

　아무도 나에게 성인이 되면 어떻게 해야 한다고 이야기해 주지 않았다. 고등학교 다음은 대학교라는 이정표만 들었을 뿐.
　그리고 12월 31일. 카운트 다운과 동시에 수많은 폭죽들이 터지며 1월 1일이 된 순간, 나는 성인이 되었다.
　'이렇게 엄청난 중압감과 책임감으로 똘똘 뭉친 어른이 돼버리는 건가. 어른이 되면 어떤 기분일까…. 어른이 된 순간 이제는 같은 어른이기 때문에 어른들의 보호는 받지 못하겠지…'라고 생각하며 걱정했지만 12월 31일의 나와 1월 1일의 나는 같았다. 똑같이 엄마 밥을 먹고 평소와 똑같이 살았다. 약간 다른 점이 있다면 지정된 스케줄로 움직이는 게 아니라 어떻게 해야 할지 하루 스케줄을 내가 짰다. 그것마저도 막상 해보니까 두렵지 않았다. 어른이 된다는 말에 겁먹어서 색안경을 꼈던 것이다. 막상 어른이 되니 별거 아니었다. 비슷한 인생이 펼쳐져 있었고 내가 하기 나름이었다. 어른 별거 아니네 하는 생각이 들면서 '그래 생각해 보니 학창 시절에 매 맞았을 때 별로 안 아팠었지' 하는 생각이 들었다. 왜인지는 모르겠다.

극단 오디션을 보기 전에도 그랬다. '과연 내가 오디션을 잘 볼 수 있을까? 떨려서 대사를 틀린다면? 아무것도 못하고 죄송하다고 하면 어쩌지? 심사위원들이 날 싫어하면 어떡하지? 온갖 생각을 다 하며 지원서를 지웠다 썼다 반복하면서 그냥 포기할까?'라고 생각할 때 학창 시절의 매가 생각났다. 왜인지는 모르겠다. 어찌 됐든 그냥 매 맞자는 생각에 오디션에 지원했고 막상 오디션을 보니 내가 생각했던 것과는 달리 그렇게 엄중한 분위기도 아니었다.

지레짐작으로 오디션 후기들을 찾아보며 실패 사례들만 주구장창 읽어서 나도 모르게 자기 최면을 걸었던 것 같다. 시작하지 않으면 모르는 일인데 말이다.

코미디언이 됐을 때도 나는 두려움에 떨었다. 코미디언 군기가 그렇게 빡세다는 소문에 첫 출근이 무서웠다. 군기가 잡히지도 않았지만 바짝 긴장한 채로 첫 출근을 했는데 놀랍게도 군기 따위는 존재하지 않았다. 선배들끼리도 기수별로 "선배님", "후배야" 할 줄 알았는데 나이 순으로 형, 언니 하며 잘 지내는 모습에 '아… 내가 또 겪어보지도 않고 멋대로 생각했구나' 싶었다. 또다시 학창 시절 선생님의 매가 내 앞에서 아른거렸다. 앞서서 걱정하지 말아야지.

무언가를 해야 할 때 "먼저 할 사람?"이라는 질문이 나오면 거의 처음으로 시작하려고 한다. 언젠가는 맞아야 하는 '매!'라고 생각하고 주춤할 것도 괜히 나서서 먼저 하기 시작했다.

시작이 두려워질 때면 엉뚱하지만 나는 그때 체벌을 생각하며 '별거 아니야!'라는 생각을 한다. 그때 어쩌면 시작에 관한 해답을 깨달았을지도 모른다.

가끔 무언가를 시작하기 전에 공포를 심어주는 사람들이 내 앞에 나타날지도 모른다. 현직에 몸담은 사람들에게 "나도 이거 하고 싶어!"라고 하면 "너무 추천이야! 꼭 해!"라는 말보단 "야… 진심이야? 이거 얼마나 어렵고 힘든 일인데…. 비추야 비추!" 하는 것처럼. 아직 시작을 안 한 출발선 앞에 서 있는 사람들은 이 말들은 한 귀로 흘려보냈으면 한다. 내 앞에 먼저 매 맞은 사람들은 하나같이 다 엄청 아프다는 듯이 표정을 찡그려서 나도 많이 아프겠지 하고 생각했지만 막상 겪어보니 하나도 안 아팠던 것처럼. 견뎌내는 인내의 크기는 겪어보지 않는 이상 알지 못한다. '막상 시작하니까 너무 힘든데?'라고 생각할지 '응? 이게 힘든 건가? 할 만한데?' 할지는 겪어봐야 아니까. 남이 조언하는 고통의 크기를 크게 공감할 필요는 없다.

너무 겁먹지 말자.
대단하다고 생각했던 일들은
막상 겪고 보면
의외로 별것 아닌 일들이다.

부캐 육성 공략집

부캐를 준비하는 5가지 질문

부캐, N잡, 사이드프로젝트를 시작하는 분들을 위해 정리한 체크리스트입니다. 강의와 인터뷰에서 자주 받는 질문들을 위주로 뽑았습니다. 한 항목씩 답해보시길 권합니다.

① 본업 다음으로 재미있는 일은?
② 꾸준히 할 수 있는 일일까?
③ 시간은 얼마나 낼 수 있을까?
④ 부캐를 왜 키우고 싶은 걸까?
⑤ 부캐에 목숨 걸지 않을 자신이 있나?

① 본업 다음으로 재미있는 일은?

흥미가 느껴지지 않는 일을 무작정 부캐로 삼는 것은 금물입니다. 재미있지도 않은 일을 부캐로 만들었다가는 부캐에 '로그인'하기도 전에 계정을 삭제하는 참사가 일어납니다. 평소 고양이에 관심이 없던 분이 '고양이 집사'가 되거나 '고양이 용품 판매'를 꾸준히 하기란 어려울 거라 생각합니다. 부캐를 잘 키워나가고 싶다면, 내가 얼마나 그 분야에 흥미를 느끼고 재밌어 했는지 가장 먼저 체크해 보세요.

② 꾸준히 할 수 있는 일일까?

본캐가 아닌 부캐이지만, 부캐를 키울 때도 반드시 꾸준함은 필요합니다. 부캐도 꾸준히 갈고 닦아야 하기 때문입니다. 이를 위해선 부캐와 함께하는 즐거움을 잃지 않도록 노력해야 합니다. 부캐를 오래 유지하는 저만의 비법은 Q&A 6번에서 다룹니다.

③ 시간은 얼마나 낼 수 있을까?

부캐를 만들기 위해 시간은 얼마나 낼 수 있는지도 중요한 사항입니다. 시간이 없으면 항상 머릿속에서 생각만 하고 그것을 실행할 수 없기 때문입니다.

부캐를 만드는 데 있어 금전적인 투자는 아낄 수 있지만 시간 투자는 아낄 수 없습니다. 잠자는 시간을 아껴서라도 부캐를 만들고 싶은지 냉정하게 확인해 보는 것을 추천합니다. 우리에게 주어진 시간은 한정적이니까요. 부캐를 만들기 전 '너무 재밌어서 시간이 아깝지 않아!'라는 생각이 있는지 꼭 체크해보세요.

④ 부캐를 왜 키우고 싶은 걸까?

부캐를 키우기 위한 목적은 반드시 있어야 합니다. 그 이유가 단순하거나, 남들에게 말하기 쑥스러운 이유여도 괜찮습니다.

재미있고 싶어서, 낮아진 자존감을 회복하기 위해서, 내가 동경하는 사람과 닮고 싶어서, 칭찬받기 위해서 등 부캐를 만들어야 하는 가벼울 수도, 무거울 수도 있습니다. 부캐를 만들어야 하는 이유를 찾아보세요. 지속할 수 있는 힘이 생깁니다.

⑤ 부캐에 목숨 걸지 않을 자신이 있나?

여러 직업을 병행할 때, 열정이 의외로 독이 될 때가 있습니다. '목숨 걸고 할 거야!'라는 마음가짐은 절박함을 낳아 일을 그르치기도 하니까요. 부캐는 즐겁기 위해 만드는 것임을 언제나 잊어서는 안 됩니다. 물론 일을 지속하다 보면 부캐도 부담으로 다가올 때가 있습니다. 하지만 그럴 때 최대한 스트레스받지 않고, 즐길 자세가 되어 있는지 점검해 보세요. 그래야 본캐와 부캐가 오래 함께할 수 있습니다.

부캐에 관한 궁금증 Q&A

Q1. 부캐를 여럿 가지고 있으면 돈은 얼마나 버나요?

A. 제가 N잡러가 되고 나서 가장 가장!(강조) 많이 들었던 질문 중 하나입니다. 솔직 담백하게 이야기하자면, 내가 시간을 투자한 만큼 법니다. 물론 부캐로 수익이 나기 시작했을 때부터를 말하는 겁니다. 부캐가 있으면 그만큼 시간을 들였기 때문인지, "와! 돈 많이 벌었다! 기분 좋다!"라는 생각보다는 "내가 시간을 투자한 만큼 합당한 돈을 벌었네. 고생 많았다!"라는 생각이 듭니다. 단순히 돈을 벌어서 기쁘다기보다는, 내가 좋아하는 일을 하고 돈을 벌 수 있다는 생각에 기분이 좋습니다.

Q2. 시간이 부족해서 힘들지 않을까요?

A. 돈 얘기 다음으로 많이 듣는 이야기 중 하나예요. "시간이 부족하겠다. 힘들겠다." 그런데 힘들다는 생각은 해본 적 없습니다. 즐거워요. 세상을 너무 긍정적으로 바라보는 것 아니냐고 생각하실 수도 있겠지만 즐겁습니다.(하하)

제가 새벽까지 그림 그렸다고 하면 다들 슬픈 눈초리로 저를 쳐다보지만, 새벽까지 게임했다고 하면 '왜 나는 그때 안 불렀냐'며 눈이 초롱초롱해집니다. 사실 그림이든, 게임이든 제가 좋아하는 것들이기 때문에 제 행복도는 똑같은데 말이지요.

'직업'으로 어떤 일을 하고 있다고 하면 아무래도 힘들다는 이미지가 있는 것 같아요. 부캐를 가지면 체력적으로야 물론 힘들지만, 정신적으론 굉장히 즐겁습니다. 체력적으로 힘든 고통을 이기는 일이 있을 겁니다.

Q3. 부캐를 만들고 싶은데 생각만 하고 실천하지는 못하고 있습니다. 본업 외에 또 다른 일을 실행에 옮기는 방법이 궁금합니다.

A. 첫째, 아이디어에 머물러 있는 일이 정말 좋아하는 일인지 점검해 보세요. 유행 따라, 돈을 따라 내놓은 아이디어는 실천이 어려울 수 있습니다. 좋아하는 것부터 시작해 보길 권합니다.

저는 좋아하는 걸 놓치지 않으려고 스마트 폰에 뭐든 메모하는 편입니다. 번뜩이는 아이디어가 아니더라도, '내가 이걸 좋아하는 구나!'라고 생각날 때 메모를 해둬요. 예를 들어, 쿠키를 만들어서 먹고 싶다면 메모지에 '쿠키 만들기'라고 적어두고, 유튜브를 보다가 재밌어 보이면 '브이로그 찍기'라고 적어둬요. 특별

한 메모는 아니지만, 스트레스를 해소하고 싶을 때 가끔 메모장을 꺼내 실천해 봅니다.

좋아하고 한 번쯤 해보고 싶은 일을 모은 버킷리스트는 실천하기 쉽습니다. 좋아하는 것이라서 그런지 바로 실천할 수 있었어요. 반면 '다이어트해서 20대 때 몸무게로 돌아가기'라고 메모지에 적어둔 적이 있는데요, 이 항목은 제가 운동을 싫어해서인지 아직까지 실천이 어렵습니다.

둘째, 지인이나 주변인들에게 하고 싶은 일을 알리는 것도 큰 도움이 됩니다. 주변에 알리면 새로운 기회가 생기니까요. 사실 저도 주변에 제 기호나 취향을 알리는 게 쑥스럽기도 하고, 쓸모없는 짓이라고 생각한 적도 있습니다. 하지만 제가 좋아하고 할 수 있는 일을 알리는 자기 PR 덕분에 새로운 부캐를 얻었습니다. 전작 포켓몬 에세이를 쓰고 얻은 에세이 작가라는 부캐입니다. 피카츄를 좋아해 SNS에 피카츄 액세서리를 모았던 사진들을 잔뜩 게시하고 웹툰에도 피카츄를 좋아한다는 이야기를 잔뜩 언급했었는데요, 그 내용을 보고 출판사에서 연락이 왔어요. 포켓몬을 정말 사랑하고 포켓몬에 대한 애정과 관심이 있는 작가를 찾고 있었을 때 출판사측에서 저를 발견했었던 거죠.

좋아하면, 하고 싶은 일이 있다면 알리세요. 그 기록이 생각지 못한 곳에서 자기 PR이 되는 기적이 일어납니다. 수익이 나진 않더라도, 최소한 좋아하는 취미가 맞아 말이 통하는 사람을 알게 되는 행복한 상황이 생길 거예요.

Q4. 부캐를 지속할 수 있는 원동력은 무엇인가요?

A. 'N잡러'라는 단어보다는 '부캐' 혹은 '사이드 프로젝트'라는 단어를 더 좋아하는 이유는 '돈벌이'의 의미가 포함되어 있지 않기 때문이에요. '부캐'라는 단어에는 내가 좋아하고, 자신 있는 것을 뽐내는 멋이 담겨 있다고 생각해요. '사이드 프로젝트'에는 가볍게 시작한다는 의미가 있고요.

N잡을 갖는 분들의 주목적이 돈인 경우가 많은데요, 사실 돈 생각은 부캐가 완성되고의 일입니다. N잡러가 되고 싶다는 친구들에게 고민 상담이 들어올 때 제일 처음 하는 조언이 있습니다. '부캐 생성 전 김칫국 드링킹은 금물!'이라는 말이에요.

키워드를 돈이 아닌 다른 것으로 생각할 때 부캐가 탄생하기 쉬운 것 같아요. 저 같은 경우 키워드는 '#작품생성'과 '#피드백'이었습니다. 무언가 만드는 것을 좋아하는 성격이고, 만든 작품에 피드백을 받고 싶었던 저는 웹툰 작가라는 부캐를 생성할 수 있었어요.

코미디언이라는 직업만 가졌을 때는 극에서 적은 비중만 담당

하고 있었던 때라 마땅히 저에 대한 피드백을 자세히 듣기가 힘들었습니다. 답답해했던 시기였어요. 그래서 '어떻게 하면 나의 창작에 대한 피드백을 얻을 수 있을까?' 곰곰이 생각했었던 것 같아요.

웹툰 작가, 유튜버, 에세이 작가. 지금 생긴 부캐들도 결국엔 공통점이 작품 생성과 피드백이 주로 있는 것들입니다. 저는 제 작품에 사람들이 공감하고 함께 소통할 수 있는 것에 행복감을 느끼는 것 같아요. 본인이 추구하고 자신 있는(잘하지 않아도 괜찮습니다), 좋아하는 키워드를 찾고 즐기세요. 그것이 부캐를 끊임없이 움직이게 하는 원동력이 되어줄 겁니다.

Q5. 부캐를 만들면 본캐에 소홀해지지 않나요?

A. 저도 웹툰 작가라는 부캐가 생겼을 때 상당히 걱정했던 부분이었어요. '혹시라도 내 본캐인 코미디언에 소홀해지지 않을까?' 하고요. 결론부터 말하자면 저는 소홀해지지 않았습니다. 아무래도 소통이라는 키워드에 묶인 공통점이 많은 직업들이다 보니 웹툰 작가가 되고 난 이후에 오히려 자신감이 붙어서 개그도 잘됐어요.

이 일을 계기로, 무슨 일이든 자존감이 오르면 일의 능률도 상승한다는 걸 알았습니다. 모든 일에는 자기 자신에 대한 믿음과 확신이 필요한 것 같습니다. 저는 부캐를 통해 저 스스로를 향한 신뢰를 회복했어요. 나를 향한 믿음과 확신이 강해지니, 그것을 증명하기 위해 더 노력하는 자기 자신을 발견할 수 있었습니다.

Q6. 부캐를 만드는 데 필요한 조건이 있나요?

A. 첫째는, 새로 도전하는 일에 대해 '부캐로 삼아야지' 하고 생각하지 않는 게 가장 필요합니다. 조건이 생기면 보상받기 위해 노력하게 되는데 그 보상이 생각보다 크지 않으면 크게 실망해서 좋아했던 것도 쉽게 질리기 마련이에요. '본업', '부캐', 'N잡'이라는 단어를 버리고 그냥 '취미', '좋아하는 것', '만족'에 초점을 맞추는 게 필요합니다.

둘째로, 하고 있는 일을 유지해 나가기 위해 '내가 어떻게 하면 이걸 오래 좋아할 수 있을까?'를 연구해야 합니다. 사실 부캐 생성보다 어려운 것이 생성 이후 그것을 유지하는 능력이에요. 저 같은 경우는 여가 시간에 하는 취미, 정도의 마음가짐으로 부캐들에 임했던 것 같아요. 그렇다고 부캐들을 쉽게 보는 것은 절대 아니에요. 내 작품을 보는 사람들에 대한 책임감을 갖고 항상 작업에 임하니까요.

개인적인 바람은 취미의 사전적인 의미가 좀 바뀌었으면 합니다. 부캐라는 단어가 생긴 이 시대에서 취미는 '전문적으로 하는 것이 아니라 즐기기 위하여 하는 일'이 아니라 전문적이든 전문적이지 않든 '즐기기 위하여 하는 일'이라는 생각이 들거든요. 매번 강조하지만 부캐는 취미처럼 작게, 즐겁게 시작해야 합니다.

이번 생은 망한 줄 알았지?

가볍게 시작하는 사이드 프로젝트

2021년 6월 7일 초판 1쇄 발행

지 은 이 ㅣ 안가연
펴 낸 이 ㅣ 서장혁
책임편집 ㅣ 이다은
디 자 인 ㅣ urbook
마 케 팅 ㅣ 최은성

펴 낸 곳 ㅣ 봄름
주　　소 ㅣ 서울시 마포구 양화로161 케이스퀘어 725호
T E L ㅣ 1544-5383
홈페이지 ㅣ www.bomlm.com
E-mail ㅣ edit@tomato4u.com
등　　록 ㅣ 2012.1.11.
I S B N ㅣ 979-11-90278-72-0 (03810)

봄름은 토마토출판그룹의 브랜드입니다.